SUBIDOS A LOS ANCHOS HOMBROS

Antología de narrativa en español de Chicago

ARS
COMMUNIS
EDITORIAL

ISBN 9781966393030

Copyright © 2025 Fernando Olszanski

Copyright © 2025 Todos los autores

Copyright © 2025 Ars Communis Editorial

Library of Congress Control Number: 2025933787

www.arscommun.com

Diseño de portada e interior: Gustavo Lombardo

Crédito de fotografía de portada: www.shutterstock.com

ÍNDICE

Prólogo

Chicago es esa ciudad de hombros anchos, nombre que llega desde el poema de Carl Sandburg, es la ciudad de los vientos, aunque la referencia viene por la corrupción reinante de aquellos días de Al Capone y es acaso también esa segunda ciudad, que no es segunda de nada ni nadie. Pero también es aquella urbe de Ernest Hemingway, de Sandra Cisneros, de Stuart Dybek. De otros grandes literatos que hicieron de esta ciudad un polo cultural que ha abarcado no solo los libros, sino también el teatro, la arquitectura y una colección de museos que generan la envidia de cualquier metrópolis del mundo. Pero Chicago también tiene una joya que aún no ha sido descubierta por aquellos que no viven aquí, o que quizás la conocen pero no entienden su alcance ni su dimensión. Y hablo de la literatura en español que aquí se genera.

Si bien la historia literaria en español de Chicago empieza en los años 50 de la mano de Luis Leal y las revistas ABC y Vida Latina, no es hasta los años noventa que empieza a consolidarse como un movimiento que no dejará de crecer de la mano de revistas, periódicos y gestores culturales de turno. Luego llegarán el teatro, las editoriales y aquellos nuevos emprendimientos llamados podcasts, streaming o las pérfidas redes sociales que aparecen y desaparecen en el éter. Pero lo cierto es que esta efervescencia creativa en español no se detiene, y para que ello se afirme hay que dar un espacio de expresión. Y una antología es, literariamente hablando, la panacea perfecta para su evolución. ¿Por qué? Porque en ella podemos tener un muestrario de estilos, de influencias, de trasfondos, de generaciones y por qué no, de gustos.

En esta antología, **Subidos a los anchos hombros**, se pretende mostrar escritores con diferentes enfoques de lo que es vivir en Chicago. No para hacer de la ciudad un personaje, sino un testigo de las historias de los hombres y mujeres que la habitan, que la sueñan, que la desean. Observándola como un *vouyer*, o un testigo implacable de los tiempos que nos toca vivir. A veces escribiendo desde sus propias entrañas, otras, vislumbrándola desde el lugar de origen como algo imponente a la distancia, pero siempre omnipresente en el horizonte literario y narrativo. Los autores invitados a este proyecto han tenido su propia visión a través de la ficción rozando la crónica y el ensayo, algunos la han visto a través de sus mitos, de sus historias fantásticas, o desde lo criminal. Algunos otros han tenido un ojo inmigrante en el análisis de lo cotidiano, sin esquivar lo romántico o lo misterioso. La vida en esta ciudad no es fácil, pero también es un complejo que fascina y encandila, y que si le caes bien se te muestra en cueros. Para vivir en Chicago hay que saber seducir, hay que saber sufrir, hay que saber perdurar en el dolor del exilio y el desarraigo tal cual lo describe Claudia Cisneros en su escrito.

Los temas de los textos hacen un acercamiento variado, se buscó que la ciudad estuviera en el fondo, entre alerta y expectante. Los autores tuvieron libertad para expresarse y buscar en ellos una visión de la historia de todos los días. Sin duda esto gana en lo genuino y en lo importante que es para el autor comunicar en sus letras las creencias y estímulos propios. También la diversidad de estilos tiene que ver con la nacionalidad de origen, influencias, estrato social y generacional. Hay una buena variedad de nacionalidades, los hay mexicanos, hondureños, colombianos, chilenos, bolivianos, argentinos, peruanos y americanos que prefieren escribir en español. Gente que ha crecido en estas tierras o que quizás sean neófitos al choque cultural que genera vivir en el casi norte del norte. Sí, Chicago es una ciudad que genera cosas, no tiene el glamour de Los Ángeles ni la esquizofrenia de Nueva York, pero tiene vida propia, es una ciudad ruda en la que uno tiene que hacer su jugada porque si te quedas quieto el cemento puede devorarte, y esto se palpa en los cuentos de Bernardo Navia, de Raúl Dorantes o de León Leiva Gallardo. Otros narradores no dejan que su visión migrante se escape de una mirada casi cruel a la vida en este lugar del mundo, como en los textos de José Bono Rovirosa o José Zurita. Hay también espacio para ver cómo el ámbito urbano nos cambia en lo esencial, tal cual apreciamos en los textos de Carolina Herrera, de Esmeralda Mora o de Martha Cecilia Rivera. En los escritos de Fabio Andrés Duque y de Alma Isela García Soto, vemos la ciudad desde adentro, describiendo espacios que nos hacen viajar al interior de la urbe, como si habitáramos sus elementos. Autores como Julio Rangel y Marco Escalante no pasean ente el ensayo y la crónica.Y también nos inmiscuimos en los mitos, los misterios y las trampas de una ciudad fantástica de la mano de los escritos de Miguel Marzana, Margarita Saona y Tanya Victoria.

En fin, hay diecisiete textos que logran descubrir un poco de la simbiosis de esta mole de cemento que se llama Chicago. ¿Alcanza? No, por supuesto que eso es una tarea casi imposible. Pero al menos este intento por revelar a una ciudad, a sus escritores y a sus mundos, denota la voluntad de hacernos conocer a partir de un elemento fundamental en la cultura de un país. Una cultura que se genera en español, que nos da a conocer y que dice:

—Aquí estamos. Llegamos para quedarnos.

Fernando Olszanski

Claudia Cisneros Méndez

Perú, 1969. Periodista. Escritoraanda. A veces escribe poemas. Siempre (pre)ocupada en temas políticos, éticos y existenciales. Bachiller en Filosofía (PUCP 2016); Maestría en Periodismo y Comunicación y Desarrollo (Ohio University 2019/2021); Maestrando en temas de género y diversidades (DePaul University 2023-2025). El libro *Insistir y Resistir: Desobediencia civil en el Perú* reúne sus columnas de análisis político escritas semanalmente en un diario de circulación nacional entre 2013-2016 sobre corrupción, ética periodística, ética política, kakistocracia, racismo y clasismo, pueblos indígenas, derechos humanos y otras necesidades. En 2014 recibió el Premio Derechos Humanos en Periodismo por la Coordinadora Nacional de Derechos Humanos, Perú. En 2024 ganó en Los Ángeles, California, un Emmy y tres Golden Mike Awards, uno por mejor escritura, por la realización de una serie televisiva acerca de la sobrecogedora historia de un niño migrante a EE.UU. Desde 2017 Claudia también es inmigrante en ese país. Allí nació latina. Allí no deja de escribir.

Chicago

Las ciudades braman. Si prestas atención, haces silencio y escuchas, notarás que tienen su bramido particular. A veces incluso rugen y otras te susurran. Hay ciudades que ríen, que no duermen, que aúllan y hasta ciudades que cantan sirenas. La ciudad que hoy habito tiene los hombros anchos de Sandburg:

Cochina carnicera del mundo, fabricante de herramientas, granero de trigo.
Juegas con los trenes y con el flete comercial de la nación.
Despellejada, tormentosa, alborotada, ciudad de espaldas anchas.

Amo esta ciudad. Algunas cosas han cambiado mucho desde que Sandburg escribió "Chicago" (1924), un homenaje al espíritu trabajador y resistente de su gente durante el desarrollo industrial de fines del siglo XIX, principios del XX. Las altísimas chimeneas, delgadas y cónicas – icónicas – son parte del paisaje natural. Permanecen erguidas marcando territorio entre las construcciones nuevas. Un ejército de ellas saltan a cada a paso en la ciudad. Se erigen guardianes del tiempo, vigías de la ciudad de hombros y risas anchas, del jazz y el blues, del r&b, el hip-hop, la salsa, o de las rancheras, el joropo y el pasillo. La silueta urbana es una partitura hermosa de edificios como notas que suben y bajan en el pentagrama. Por la noche, descansa echada como una mujer madura, elegante y sobria que no espera a nadie. Se basta.

La "Ciudad de los Hombros Anchos", Chicago, se llamaba "Shikaakwa". Vocablo ancestral de los nativos potawatomi; los guardianes y habitantes de estas tierras antes del despojo imperialista europeo. No es fácil encontrar hoy aquí a sus descendientes, diezmados y arrimados por el hombre blanco, reducidos a decimales. En la tierra que hoy se llama a sí misma América, los nativos son tratados como el pasado. Invisibilizados. En la política, en la historia. También en Chicago. Antes fueron los villanos del viejo oeste narrado por los colonos blancos. Hoy apenas se les nombra. Los más sensibles pieles blancas han inventado un rito de culpa. Recitan los linajes nativos antes de algún evento público; un reconocimiento simbólico a la ocupación violenta de las tierras antiguas donde se asentaron las ciudades sobre sus cadáveres. Como un canto de resignación, se recitan palabras, se evocan ancestros, se lavan consciencias.

En potawatomi "Shikaakwa" era "lugar de las cebollas o ajos silvestres". De cuando un manto de tallos verdes y florecillas blancas inundaban la vista hasta el horizonte. De antes de ser sepultados por los ladrillos rojos de la metrópoli. *Allium cernuum*, cebollas salvajes, cebollas brillantes, tallo inclinado al sol, olor penetrante, 1893. Sobre sus raíces el hombre blanco sembró cemento. Cosechó edificios, ciudades sobre cementerios de plantas y gentes. Chicago sepultó a Shikaakwa. El olor penetrante a cebolla de sus campos verdes quedó enterrado con los huesos sagrados y ancestrales. Hoy, hieden subterráneos los vertederos citadinos, con sus vahos fétidos de desechos urbanos. Un paseo por el centro y periferia de Chicago no escapa de las brisas tibias que transitan malolientes cada ciertas esquinas o que emergen de las viejas alcantarillas. Y sin embargo, amo tanto esta ciudad que soporto sus malos olores, como se soportan los olores de las personas que quieres.

Amo esta ciudad *despellejada, tormentosa, alborotada*. Abrazo a los potawatomi, guardianes del fuego sagrado; a los pieles de toda gama; a su centro vibrante, sus veredas y calles transitadas, transitables; al gran lago que llaman mar, y que me recuerda al mío en el Pacífico sur. Amo que sea ciudad santuario de migrantes urgentes; amo el corazón del Chicago presente, pujante, combativo, azul y resilente. Soy forastera, migrante, recién llegada latinoamericana. Hundo un pie en estas tierras, mientras el otro permanece en las mías, lejanas.

Lima

Aquí nací y aquí se esparcirán mis cenizas un día. Se mezclarán con el material particulado, PM10, PM2.5, esas partículas finas y gruesas suspendidas en el aire expelidas por su exhausto parque automotor; se unirán mis cenizas con el polvo, el polen, el moho y el monóxido de carbono que envenena esta gran ciudad. Terminaré en los pulmones de algún desconocido, o en el torrente sanguíneo de una niña que se bambolea dentro de la lliclla que cuelga de la espalda de su madre, migrante andina, mientras vende chocolates en una esquina por la que transitan limeños indiferentes. O quizás acaben mis cenizas particuladas en los pulmones y el corazón de un transeúnte colapsado en la cama de un hospital público donde mal pagados médicos intentarán resucitar su corazón infartado. Aquí, en Lima, nací, y aquí, en Lima, quiero vivir para siempre cuando mi cuerpo ya no esté.

Sí, amo Chicago, pero Lima es mi sangre. Mi identidad. Extraño su cielo de nubes espesas y asfixiantes. Ese manto gris que aprisiona la ciudad y que mantiene al sol cautivo casi todo el año. Gris es el cielo y gris nuestro sol. "Cielo panza de burro", como lo llamó con cariño poético el arquitecto Hernán Velarde Bergman. Lima es gris, árida y polvorienta, pero es mi gris. Es mi tierra. Mi cuna. Lima es desierto pero también es mar. La capital mira sedienta al Pacífico que baña sus faldas de arena. Provocadora, insumisa, bulliciosa, desordenada, caótica, esforzada, opresiva, Lima es la pujante de los migrantes y la depredada de las clases dominantes. Es "la ciudad de los reyes", "la ciudad jardín" (invento de la rancia aristocracia emergente postcolonial) cada vez más ciudad y menos jardín, la del tráfico infernal, los políticos alimañas, los extorsionadores, los feminicidas, los violadores, los coimeros y los coimados. Lima es la de los blancos que cholean y los 'cholos' que se 'blanquean', y que a su vez "cholean". Lima áspera y agresora. Otras veces (con suerte) acogedora. Lima contradice Lima. Lima es muchas Limas. Al pie del acantilado y frente al océano tiene paisajes hermosos; al pie del barranco, distritos bucólicos;

un centro histórico con arquitectura émula europea y herencia colonial; al tiempo que asentamientos humanos y cerros poblados de casas precarias que antes fueron esteras.

En Lima conviven modernidad y coloniaje, y colonialismo internalizado. Aquí, donde se apiña un tercio de los 34 millones de la población total del país, está el centro neurálgico, político y comercial del país. Bajo el manto espeso y gris de "Lima la horrible" –como la firmó el poeta surrealista César Moro en La tortuga ecuestre, y que el intelectual Salazar Bondy tomó como título para su libro sobre la fealdad moral de sus habitantes blancos y opresores, en "Lima la horrible" se cocinan y perpetúan las más graves injusticias. Aquí nadie se espantó cuando medio centenar de peruanos fueron acribillados por la violencia estatal entre los meses de diciembre del 2022 y marzo del 2023. Es que no apellidaban Berckemeyer, ni Miró Quesada, ni Tudela y Varela. Eran Quispes, Atequipas, Huamán y Hancco. Para la Lima blanca eran los nadie. Los otros, los que no valen. Los que sirven para explotar, para oprimir y exprimir con objetivos neoliberales. La Lima blanca y la no blanca de colonialismo internalizado los desprecia; y si reclaman, los *terruquea*, los criminaliza, los aplasta o dejan aplastar.

Lima es racista y clasista. Los pudientes construyen murallas que separen sus casas con piscina y criados, de las casas de sus criados. En la Lima de hoy subsiste el colorismo, las castas y discriminación a razón de tono de piel. A mayor eumelanina, mayor maltrato y humillación, mayor opresión social.

Pero Lima también es la capital próspera de su clase trabajadora y centro gastronómico mundial. No hay pena que aquí la comida no pueda aplacar. El único mestizaje que funciona porque no hiere ni reduce, no asimila ni controla, sino que alimenta –alma y barriga– es el de la culinaria peruana. A la capital llegan los más variados productos de los 84 pisos ecológicos del país. De sus costas, montañas y selvas, emergen las más exquisitas variedades de frutos y vegetales, animales e insectos, especias y hierbas. La inclusión y diversidad que a Lima le falta en lo humano, la tiene en lo gastronómico. Cuna mundial del tomate y la papa (4 mil variedades), de la chirimoya, del camu-camu y de la quinua. Si Lima es mi identidad, la identidad de Lima es la comida. El placer del paladar como paliativo de las penas.

Lima me crió, Lima me expulsó, y Lima me espera para cuando vuelva del exilio. Allí están enterrados mis padres, Ayax en una urna, mis traumas infantiles y mis confusiones adolescentes. En Miraflores gateé, corrí, manejé, me perdí y me encontré. Arropada en un hogar con esporádicos privilegios de clase media, a veces más alta, otras más abajo. Sé cocinar, coser, planchar, lustrar y trapear el piso, (odio) limpiar baños, tender la cama (bien, como era obsesión de mi madre (perdón, mamá, por deshonrarte cada mañana). Crecí en una familia con padres y hermanos blancos. Madre, ojos celestes. Hermanos, tez y ojos claros. Y yo, la única con ojos marrones y cabello ensortijado. La familia me llamaba de cariño "zamba", "zambita". En un parque miraflorino me rompí un diente. Mi padre me enseñó a montar bicicleta. Pasé el terremoto del 71 viendo como la gente rezaba gritando, implorando perdón por los pecados cristianos cometidos. Canté el himno nacional en el parque de la bandera. Vi a mis padres partir a trabajar cada mañana. Crecí escuchando cuentos urbanos y rurales de terror que nos contaban las empleadas del hogar que nos criaban mientras mis padres trabajaban. Me angustié por años con las predicciones del fin del mundo del año 2000. Fui a un colegio de mujeres, privado, de monjas del Sagrado Corazón de Jesús de Pennsylvania, EEUU. Donde nos obligaban a tener las faldas del uniforme único escolar bajo las rodillas y las medían cada mañana con reglas de centímetros. Si estaban por encima, te descosían la basta de un tirón. Donde rezábamos todas juntas al inicio y al final del día, y también El Ángel usantes del almuerzo, adorábamos al santísimo y celebrábamos misa cada primer viernes de mes. Donde preguntar qué hubo antes de los 7 días de creación del mundo y quién creó a dios estaba prohibido. "No se preguntan ni se piensan esas cosas, te puedes volver loca", me respondió la religiosa cuando tenía menos de diez años. Allí perdí mi virginidad, la sexual y la religiosa. Más tarde me hice agnóstica y amante sin culpa católica de mis novios.

En Lima me enamoré, y al revés. Allí desperté (tarde) a la conciencia social; esculpí, con esmero, mi conciencia política; me hice periodista de calle, de televisión, anticorrupción; fui expectorada por los poderes fácticos y me autoexpectoré por salud y convicción ética y mental. Lima me ha decepcionado tantas veces, me ha hecho llorar. Sus injusticias me duelen. Desprecio a sus enemigos, opresores y depredadores. Lima, las más de las veces, me duele. Pero es mi templo sagrado, mi origen, y un día cercano, y un día lejano, será mi eterno retorno.

Raúl Dorantes

Nació en Querétaro, México, en 1968. Emigró a la ciudad de Chicago a finales de 1986. Desde 1990 hasta la fecha ha sido parte de los consejos editoriales de varias revistas literarias: *Fe de erratas, zorros y erizos, Tropel* y *Contratiempo.* En 2007 publicó un libro de cuentos titulado *Vocesueltas.* En el mismo año, a través de la casa editorial de la Universidad Autónoma de la Ciudad de México, Dorantes (en colaboración con su amigo Febronio Zatarain) publicó una colección de ensayos que lleva por nombre *Y nos vinimos de mojados*; el prólogo de este libro fue escrito por el cronista mexicano Carlos Monsiváis. La tercera edición del mismo libro fue publicada por editorial El Beisman, de Chicago. En el terreno de la dramaturgia, la compañía de teatro Aguijón, asentada en Chicago, ha producido dos obras de Dorantes: *Hasta los gorriones dejan su nido* (en 2008) y *El lunes de León Rodríguez* (en 2009). En 2010, su obra *De camino al Ahorita* obtuvo el segundo lugar del certamen nacional Nuestras Voces, organizado por el reconocido Repertorio Español. En ese año, Dorantes fundó Colectivo El Pozo, grupo teatral con el que ha producido catorce de sus obras. A lo largo de dos décadas, Dorantes ha publicado una colección de cuentos, *Noches de tablarroca,* y dos novelas, *Cajitas* y *La casa de Leviatán.* En la actualidad Dorantes es profesor de literatura latinoamericana en Northeastern Illinois University.

Uno de Marlboro, muchachos

Justo a las cinco un señor de gabardina se detuvo frente al menú del ventanal. A Gretchen se le dibujó una sonrisa de gerente y yo, como recobrando la costumbre, bajé varias botellas del nuevo *chianti*. El *busboy* hizo el amago de poner pan sobre una de las mesas y por la puerta de atrás se fue colando el olor a albahaca. Todos esperábamos que sonaran las mariposas. Pero la gabardina avanzó sobre la calle Rush evitando las goteras y los charcos. Adentro, el piso de Il Convito siguió limpio, como tablero de damas, las mariposas quietas, las velas sin encender. Y mientras extendía mi mano sobre la barra, decepcionado de un presente tan plano, me dio por creer que iba por la carretera libre a Celaya poniéndole campana a otro tráiler, con placas de Nayarit, calcomanía de Seguros América, el vaquero de Marlboro a lo largo del remolque. Habría que revisar que no llevara cola. Sin cambiar de cuarta, estaría yo esperando la señal del Sargento. Kilómetros adelante, en un Escort, con el celular en mano, irían el Doctor y el Sargento. Todos con el alivio de que ya estaría arreglado lo de la entrega al comerciante: la mitad a la hora de la entrega y el resto en varios pagos; todo en efectivo.

Como no había vasos que lavar en Il Convito, y como a las

cinco y media sólo se escuchaba la voz de Gretchen culpando la economía, hubo tiempo de irme a algo más remoto, suponer que la libre a Celaya eran aún dos rayas de gis en el pasadizo de mi casa. El helecho la hacía de árbol y la pared de cerro, Héctor con un tráiler miniatura de dos piezas y yo a corta distancia en la vagoneta. Entonces nos gustaba llamarla "carretera libre" porque, según nosotros, en las de cuota no había burros atravesados ni carriles estrechos y era imposible hacer eses. Y lo que tenía chiste eran los percances, acosar al tráiler junto a la maceta y atorarlo finalmente en el hoyo de la coladera. Era divertido tirar con escándalo alguna mata, espantar al canario, realizar la rapiña de dulces y remolcar las piezas del tráiler sobre la pista. Héctor permanecía boca arriba, con los ojos fijos, haciéndose el conductor muerto. Y justo cuando la vagoneta llegaba para recoger el botín, escuchábamos el grito de mamá que nos recordaba la tarea. Héctor se levantaba sin mayor problema, desempolvándose las rodillas, al fin y al cabo lo del pasadizo era un juego. Yo en cambio me quedaba media hora más sobre la pista, no había por qué darle importancia a la clase de aritmética o de ciencias naturales.

En Il Convito cayó la luz sobre el pelo de Gretchen. Y serían las seis en el reloj del mapa cuando escuchamos el timbrazo del teléfono: la esperanza de que alguien llamara para reservar una mesa. Era el cuarto día que a los meseros se les escapaba hablar mal de la comida y al cocinero echarnos en cara el mal servicio de los *busboys* y los meseros. Nos servía de consuelo que el restaurante de al lado y el de enfrente estuviesen igual, vacíos, o que la gente en la calle bobeara en los menús y al final siguiera su camino. Gretchen colgó el teléfono, un tanto ceñuda,

SUBIDOS A LOS ANCHOS HOMBROS | Antología de narrativa en español de Chicago

como si fuese hostigada por un distribuidor. Pisando los cuadros negros, vino a la barra y pidió que pusiera algo de música. Estuvo esperando el sonido del violín, ocho o diez segundos frotándose las manos, lisas y largas, como hojas de eucalipto. Cada quien, por el rabillo del ojo, siguió su angustia, no se podía hacer más. Y ahí mismo sonaron las mariposas. Entró una pareja que nos hizo valorar la jarra de hojalata, el vaso con hielos, los segundos en que el vaso se fue llenando de agua. El busboy trajo la bandeja de pan y las cabezas de ajo al horno, y yo puse una botella de *chianti* en la hielera. Gretchen habrá creído que por fin empezaba la temporada, pues de nuevo se acercó para contabilizar el *stock* de vinos y licores. No supo qué pensamientos corrían de este lado de la barra. Héctor y yo volvíamos a mirar el pasadizo, iluminado con un foco de cuarenta vatios, los helechos secos, la jaula sin el canario y alguna maceta rota. Atrás había quedado la primaria, la secundaria. Ahora estábamos en la prepa y la carretera libre estaba a punto de volverse cierta: ya no habría paredes sino cerros; ya no carritos sino coches, tortons y tráilers; ya nada de gis sino las rayas intermitentes sobre el pavimento. Todo porque la pensión de papá se había vuelto cosa de risa. En la memoria seguía fresco el primer otoño sin dinero, la mañana en que nos embargaron la estufa y el refrigerador y el día que en Aurrerá arrestaron a nuestra madre por echarse a la bolsa un queso Caperucita. Nos costaba comer el queso y el jamón de la tienda de la esquina. Idioteces. La familia estaba realmente venida a menos. Había una salida. Nos la ofreció un tío militar, sargento degradado por insubordinación, el único en la familia que en cosa de atracos ya sabía escupir por el colmillo.

23

La pareja pidió precisamente *chianti*, la botella. También brochetas, alcachofas y creo que fetuccini a la primavera. Alternaron la comida con caricias, y a petición de ellos, Gretchen me pidió que pusiera el CD de las barcarolas. Ya era de noche cuando vino hasta su mesa el cocinero. *"Congratulations!"*, le dijeron. Los que pudimos le lanzamos un ademán en señal de afecto. Así dieron las siete, las ocho, y uno de los *busboys* tuvo que cambiar las velas. Gretchen entonces pidió algo de Sinatra y fue a reacomodar el menú del ventanal. En Il Convito aún éramos para ella su *bartender*, su cocinero y los *busboys* más eficientes. En el descanso incluso se me acercó con un "Cómo se dice *bartender* en español..." y acogió la respuesta con una palmada en el dorso de mi mano. Quise aprovechar para decirle que en México tenía a un hermano, pero ya se había dado vuelta. Volví a la barra y pasé de nuevo el paño a lo largo de la barra. Vino la tarde inaugural, el Sargento enseñándonos cómo clonar placas, cómo conducir tráilers y cargar de balas las Jennings. "Si atoramos en Guanajuato, hay que vender en Michoacán y al macho hay que tirarlo en un tercer estado". De ese modo se le complicaría a la Judicial, y si fuera necesario tendríamos tiempo para huir. Ahí fue que Héctor se puso a bautizar: al tío le llamó Sargento, el mismo Héctor quedó como Doctor y yo nomás así: Ismael. Ya sobre la libre a Celaya, le pusimos campana a un macho que llevaba jabón. Nos vio por el espejo lateral y aceleró. Mi Sargento preparó las Jennings y yo aplasté el acelerador hasta el fondo. El Doctor iba kilómetros atrás haciéndola de muro. Nos le emparejamos al macho. Venía solo el pescadito y con cara de empastillado, mascaba chicle y de su radio salía una cumbia de Rulli Rendo.

No debíamos darle margen y el Sargento le apuntó. El pescado se habrá espantado porque su tráiler empezó a zangolotearse. Un minuto después paró. Al bajar, contuvo el grito y puso las manos en alto. Mi Sargento lo esposó e hizo el amago de darle un cachazo. Yo crucé la mano para evitar el golpe. "No se lo tome tan a pecho, mi Sargento". El pescado me agradeció, lloriqueando, mientras se acomodaba en la cajuela del Doctor. Ya más tarde no fue difícil descargar los jabones y los detergentes en una bodega olorosa a manteca y a cebolla, donde vi al abarrotero con su palillo entre los dientes, cuadrando el negocio y maldiciendo los machos de jabón. "Un tráiler de cigarros, muchachos... No importa la marca pero que sean cigarros".

Y en lo sucesivo hubo machos de aceite de cártamo, cal y azúcar. Bodegas clandestinas en la colonia Cimatario, notas en la página roja del *Noticias*, el lenguaje de la banda, cañadas que bajamos con el pedal del freno. Mi Sargento llegó a comprar su reingreso a las fuerzas castrenses con grado de Capitán y nosotros tuvimos de sobra para comprarle una casita a nuestra madre. Mas nunca se atora lo suficiente. Y conmigo comenzaron los descuidos. Al menos el de febrero, que fue el más grave. Un pescado pudo abrir la cajuela desde adentro y se me fue, esto mientras el Doctor y mi Sargento cobraban el monto de la basura. A las pocas horas nos cayeron en el cantón de operaciones. Mi Sargento ya se había ido a la zona militar. Héctor se estaba bañando. Hubo un portazo, también algunos gritos. Por si acaso me fajé la pistola y el dinero y alcancé a zafarme por el techo sin darle el pitazo a Héctor. La libré atravesando los patios de los vecinos. Me subí a un taxi, luego a otro, y al tercer taxista le pregunté cuánto me cobraba por llevarme a Matehuala. Una vez ahí, fui a una peluquería, me corté el pelo a la soldado raso y me afeité el bigote. Llegué a Matamoros esa noche. Sé que pude haberme arriesgado un día más en la frontera, llamar a mi Sargento para que llegara a un acuerdo con el procurador. Pero sentí que el cartucho de México estaba quemado. Simplemente crucé el río, como lo cruzan todos, y después seguí como lo hacen todos, a salto de mata en la madrugada. Algunos venían enojados porque el coyote no les había dejado traer agua. "Corran", es todo lo que nos decía. Después de la última garita, en un pueblo aledaño a San Antonio, nos llevó a una estación de la Greyhound y me subí a un autobús con otros que iban para Indiana. Ya en Indianápolis me decidí por un punto más arriba. Compré mi boleto a Chicago y en ese autobús fue que me puse a pensar en Héctor. Me lo imaginé en una correccional de provincia, nuestra foto en el *Noticias*, y una orden de aprehensión. De haberle avisado, estaríamos en la correccional los dos.

A las ocho y cuarto lloviznaba sobre la Rush, pero aun así nadie le hacía caso al anuncio de Il Convito. Adentro, los cañones de luz continuaban cayendo sobre cada mantel y clavel rojo. Un cuchillo siguió cortando pan. En el reloj del mapa dieron las ocho y media. Gretchen de nuevo se acercó hasta la barra y forzando la sonrisa se puso a revisar algunos documentos. Bebió de tres tragos una copa. Su pelo caía sobre la barra y su escote se veía triste frente a la hoja de papel. Dejé para después lo de pedirle que me dejara salir temprano. De nuevo sonó el teléfono, pero ella estaba resignada. Casi a las nueve me pidió que descorchara tres botellas. También ordenó que los *busboys* despejaran varias mesas y que en la cocina nos prepararan pulpo asado. El cocinero se negó a sacar los sartenes y arrojó el delantal en medio del emblema. Por entre la galería, Gretchen se fue bailando, los brazos desalentados y como esparciendo orégano sobre los cuadros. Llegó hasta la luna del espejo y nos fue llamando uno por uno.

A Héctor lo dejaron salir en cosa de dos años. Pronto volvió a atorar, ya no en la libre a Celaya sino en la de cuota y en un giro muy distinto. Y si llegó a llamarme no fue para preguntarme sobre Chicago ni para quejarse del Sargento. Extrañaba a su hermano nada más. Yo andaba aquí, caminando del barrio griego a la parte oeste del *downtown*. Entonces abrían restaurantes en cada esquina y tuve de sobra para elegir. Por Gretchen me quedé acá con los italianos. Viví el primer periodo de Il Convito, luego el de los tapices y ahora el de las paredes con mariposas. Fui su primer busboy y, según ella, fue por sugerencia mía que se animó a abrir el servicio de *valet*.

A las nueve en punto, Gretchen me pidió que bebiera con ella del nuevo *chianti*. Preguntó la traducción de *brandy* y de *gin*. Le respondí que allá en México a todo eso le llamamos "vino". Finalmente quiso que bailara con ella. ¿Yo? ¿Por qué yo? Y vi a Héctor en el Escort sobre la autopista de cuota México-León, trabajando en otro giro, el que fuera. Pero lo borré y seguí bailando. No quise volver tampoco a los tiempos del pasadizo y de los helechos. No era momento para estar con Héctor sino con Gretchen. Ella me miraba triste pero sonriente, llamándome Ismael. Y de nuevo Héctor, el Doctor, y un nuevo acompañante iban por la carretera de cuota con el ojo afinado por los años de servicio. Ya se acercaban a la cabina de aquel macho de Marlboro, la imagen del vaquero, el dinero sobre ruedas que tanto anhelaba el comerciante. Por el retrovisor, el pescado los habrá mirado y habrá metido el turbo. Héctor habrá pensado que no quedaba de otra sino atorarlo mucho antes del crucero, justo al pasar la arboleda de eucaliptos. Baleando el aire con la Jennings, le habrán pedido que se orillara, que se aceptara pescado nada más, volarían foquitos y un espejo. Acomodándose los lentes, el trailero no se dejaría apañar, sin importarle que le dieran piso en el carril derecho, aunque fuera a ciento diez kilómetros por hora. El muy imbécil habrá llevado la aguja hasta ciento veinte y desde su carril el nuevo acompañante habrá metido quinta, Héctor apuntaría y justo en una curva el pescado frenaría provocando un coletazo, el Escort dejaría el pavimento para terminar pronto en el barranco.

Con la última canción, Gretchen dijo que en mayo se ponen mejor las cosas, que habría buenas propinas y que no dejarían de sonar las vajillas de Il Convito. Los empleados fueron saliendo con su filipina al hombro. Sólo yo la acompañé a cerrar cada una de las puertas, queriéndole decir lo que traía guardado desde la tarde. Eran las diez veinte en el reloj del mapa y las diez veinticinco en mi reloj pulsera. Sobre la Rush, las caras pasaban envueltas en vahos grises, los carros en sombra alegre. Yo quería regresar a casa, escuchar de nuevo el recado en la máquina contestadora, la voz de mi tío militar, del Sargento, abrir las ventanas, oír que la misa de Héctor y del otro muchacho será en dos días, airearme, Héctor, el Doctor, la misa será en dos días.

Fabio Andrés Duque

Nació en Cartago, Valle del Cauca, Colombia, en 1974. Luego de vivir 20 años en Bogotá, emigró a Chicago, donde se ha dedicado a la literatura y a la creación de algunos textos en prosa, poemas y asistir a talleres de creación literaria. Graduado en Lenguas y Culturas Latinoamericanas de Universidad de Northeastern en Chicago y con una maestría en Español de la Universidad de Loyola en Chicago.

Tinnitus

El silencio del aeropuerto O'Hare en Chicago es extravagante e insidioso. Hay una constante estática maquinal de la cual no es posible librarse. Digo que es un silencio porque no hay nadie aquí y lo único que se escucha es un zumbido, o tal vez un soplo continuo en el oído, ideal de mutismo de este microcosmos. El día después de asistir al concierto de los Rolling Stones en el Comiskey Park, seguí escuchando esa estática del silencio en mi cabeza mientras cerraba los ojos. Es una suerte de extrañamiento, casi mórbido, que me hace pensarme sin peso, paseándome contenido por los techos y agarrándome de los bordes de los objetos, para no volarme a la estratósfera, como un ente a punto de desaparecer hacia un abismo blanco, opuesto a la gravedad. Si escuchamos detenidamente el silencio, este vendría a ser como esa ausencia de todo lo que hemos escuchado antes, un retumbo níveo, un eco ausente de nostalgia sonora, el cual nunca han escuchado los sordos de nacimiento.

Un laberinto es esto, acá también existe un sinnúmero de recovecos, y en uno de ellos encuentro muy seguido a don Fortino, a las tres, hora acordada tácitamente para nuestro break. Él es de Michoacán, charlador y dicharachero; siempre me intenta señalar, con un dejo incontrovertible de nostalgia, que allá la cosa es diferente: "Acá cualquier güey te quiere pordebajear, hacerte sentir que eres menos porque ellos hablan inglés y yo no... eso sí, apenas termine de construir mi casa en Pátzcuaro me largo de acá". Sus dejos son pausados y flemáticos. Siempre me ofrece tortillas, y una cucharada de sus guisos que a veces recibo en un taco, después recuesta su silla contra la pared, empuja una puerta con el pie y prende un cigarrillo, mira las luces de la pista con aprensión, mientras da profundas bocanadas.

El rebato de algunos pasos lejanos se alcanza a oír, y por lo general es la búlgara de cara amargada encargada de supervisar mi trabajo, cada noche que llega me da una oficina más para limpiar y un corredor más para deambular con la haragana, así le dicen en mi país a ese plumero inmenso con que barro el piso. Estas salas de espera son más eternas y solitarias durante la madrugada. Quién iba a pensar que por estos mismos corredores llegué hace unos meses, y ahora los deambulo como el fantasma de Teseo, con un balde enorme, la haragana y un trapeador.

Al tren de la CTA llego todas las madrugadas como suspendido por el insomnio obligado. Entre los viajeros me siento como si fueran seres gaseosos, y yo con ellos, floto como esas burbujas enormes de Júpiter. En los vagones donde nos sentamos, con un silencio somnoliento y casi confesional, el rumor incesante del motor es más fuerte y se convierte en un arrullo matutino. Nos mesemos con la coordinación de una coral muda, mientras la luz del sol en los ojos ya cerrados, nos da una visión constante de claroscuro, al brincar por las sombras del camino metálico. Algunos ya, nos hundimos inevitablemente en el sueño.

El O'Hare es una bestia, ya está caída, pero antes la vi brotar del lago, saliendo con sus muslos y nalgas dantescas, difuminadas por la bruma del agua. Yo vi a ese coloso de pelo enmarañado en una pintura, vi también a un japonés de lentes gruesos gritar de terror, "¡Gojira!", en su tránsito hacia su lugar de caída; este pánico goyesco trajo enredados entre sus extremidades infinidad de cables, luces y artefactos, efecto del roce con los edificios, museos y construcciones del centro de Chicago. En su paso causaba más gritos angustiados de pavor. Su resuello estertóreo no ha dejado nunca de silbar desde que se desmadejó en este espacio de lotes baldíos. Los aviones, despegando y aterrizando sobre él, son moscas metálicas alimentándose de su putrefacción. Las luces y sirenas acuden al espectáculo cataclísmico, hasta que se escucha la voz cacofónica decir: *"This is Clark and lake, doors open on the right on Clark and Lake"*, me he pasado ya cuatro estaciones, y me he despertado en las entrañas de un verdadero monstruo.

Marco Escalante

Escritor peruano nacido en 1968. Vive en Chicago desde 1991. Es autor del libro de ensayos "Malabarismos del tedio", publicado por Siete Vientos en 2013. Ha colaborado con las revistas Zorros y erizos, Tropel, Contratiempo y Fe de erratas, escribiendo sobre cine y literatura. En la actualidad colabora con el proyecto "Radio Contratiempo", creando programas de difusión cultural donde se discuten libros, películas y temas de interés social y político. Entre sus proyectos inéditos se encuentran el libro de ensayos cortos "Walkbook" y la novela "Monsieur Anxieté".

Vanishing Smiles

Los gestos de amabilidad como expresión teatral de la armonía y belleza del espacio urbano –congruente con las casas remozadas, los parques donde se multiplican los festivales de verano, las calles saturadas de comercios prósperos. Gestos del privilegio y el consumo –distantes por igual de la irritabilidad que generan la pobreza y los conflictos sociales y de la soberbia que embarga por lo general al nuevo rico. Bien se puede leer esta ciudad en la gradual transformación topográfica de sus emociones: conforme uno avanza desde la avenida Lawrence hasta la avenida Roosevelt, la amabilidad, los gestos de cortesía, permanecen relativamente estables; ya en el corazón del sur el teatro gestual mengua, ya es difícil encontrar la proliferación de sonrisas, las miradas que dan la bienvenida. En ese punto neurálgico en que convergen la Pulaski y la Roosevelt –lleno de descampados solitarios, casas semi-derruidas, tiendas de abarrotes miserables, grupos de gente que se reúne en esquinas sórdidas para beber o fumar- ya el gran teatro facial del norte de la ciudad desaparece por completo. Este desplazamiento geográfico es como un viaje en que se puede leer las condiciones materiales de existencia en los rostros y movimientos corporales de la gente, más que en sus palabras. La sonrisa, como gesto automático o máscara que aligera el intercambio casual de los ciudadanos de los barrios ricos, ya no es más donde reina la indigencia: los pobres, y esta es su tragedia y privilegio al mismo tiempo, tienen rostros verdaderos.

Camping Day

Una larga fila de noctámbulos se congrega alrededor del Best Buy de Lincoln Park. A las 12 de la noche la tienda abrirá sus puertas con el exclusivo fin de poner en el mercado el último modelo del iPhone. El rito se repite en varios establecimientos a lo largo y ancho del país, aunque el producto deseado varía. El consumo suprime, al fin, la pausa, la paciencia, la sensualidad de la espera, e impone en sus ritos un carácter perentorio y mecánico. Se siente en esta multitud una urgencia similar a la de los indigentes que formaban filas infinitas para recibir un plato de sopa tras el crash de 1929. El hambre y la necesidad se mudan al dominio de lo accesorio porque el dominio de lo esencial ya está, aparentemente, resuelto y con creces.

Lo más asombroso de esta feria nocturna de la bonanza es su similitud con los campamentos en los parques nacionales. Abundan las carpas, las bolsas de dormir, las linternas, las teteras y los termos. Como el invierno ya acecha, todos los campers visten casacas y gorras, y tienen a sus costados frazadas que usarán más tarde. Es un día en la montaña que la alquimia del consumo ha desplazado a una inmensa playa de estacionamiento.

Sin árboles, sin ríos, sin montañas, sin animales salvajes, sin dispersión anárquica de carpas y luces, la escena adquiere una dimensión absolutamente teatral e inverosímil. El horror que la visión produce proviene de un futuro desnudo en que ya se concretó la debacle ecológica. Entonces, los ritos al aire libre serán solamente una nostalgia para la cual nos entrenamos inconscientemente ahora.

El viernes negro, las tiendas abren sus puertas a las cinco de la madrugada y masas de compradores ingresan en sus recintos como manadas equinas. Todo está permitido —atropellar y golpear al vecino, aplastar a los caídos, arrebatar mercancías de quien las encontró primero, etc. Las palabras "tropel" y "estampida", antaño constreñidas al universo campestre, parecen mudar su sentido, anticipando la velocidad orgiástica del consumo y el asalto definitivo del capitalismo contra el mundo natural, del cual toma, además de los recursos, la amalgama de sus ritos y sus signos.

Hypnosis

Nunca pierden el hilo que los retorna al universo del cálculo. La especulación jamás los hipnotiza más de lo debido. El compromiso tampoco. Pueden votar por un partido hoy y por el opuesto en cuatro años, pasar del anarquismo o la poesía a la burocracia, de la vocación a la resignación sin que ninguna de estas transiciones represente un trauma. La experiencia la viven en un nivel epidérmico, de modo tal que no imponga sus demandas de nostalgia en el futuro.

Un caso escandaloso es el amor, que no puede ser destilado de su esencia adictiva. Pero incluso en este caso, la hipnosis es parte de un proceso evolutivo cuyo capítulo final es la estabilidad marital. Entre los 20 y los 30 se enamoran con locura, o al menos reproducen los gestos extremos del enamoramiento y la pasión, pero llega el día de saldar cuentas, de sentar cabeza, de organizar los sentimientos en función del futuro y, entonces, todos los amores del pasado se transforman en locuras efímeras, episodios aleccionadores, colección de placeres juveniles que es necesario archivar antes de emprender la aventura de la constancia pragmática: el matrimonio y los hijos.

Es fabuloso el mundo del *dating* entre adultos. A la primera cita, cada quien llega con una especie de resumé donde se mezclan datos laborales y sentimentales, procesados como publicidad en función de la obtención de la plaza amorosa. Aquí ya no son admisibles los problemas cuya solución implica un grado de sacrificio: enfermedades mentales, hijos de un matrimonio anterior, desempleo, ideas libertarias con respecto a la pareja y el sexo, etc. El postulante tiene que tener una foja de servicios impecable y en el horizonte de sus aspiraciones sólo tienen que existir dos cosas: familia y trabajo.

La transformación tiene su expresión institucional en la proliferación de esos filtros digitales que son los *dating sites*. En esa búsqueda irracional de la milagrosa compatibilidad se dan incluso casos verdaderamente surreales, *sites* que te toman un examen de razonamiento para ver si tu IQ te permite entrar en el circuito de los candidatos inteligentes.

La hipnosis, que en otras latitudes es un hábito y una condena, aquí es un rito de paso, un obstáculo que hay que revertir en provecho de objetivos ulteriores. El despilfarro sentimental, por ejemplo, enseña por medio del calvario de la servidumbre el valor del desprendimiento y la independencia, así como el valor del ahorro. Hay una edad en que ya no es permisible invertir en el amor. El sufrimiento, más que inútil, es costoso.

La hipnosis queda así relegada al universo de Hollywood. Y allí dura lo que una mala película.

Satellite World

Lou Reed, en una famosa canción, imagina satélites alrededor de Marte. Y también imagina a Marte lleno de estacionamientos de autos. Es una imagen común en los filmes que explotan la noción de futuro: casi todos muestran un espacio semi-colonizado.

Aún no he encontrado películas, o libros, o canciones, que describan los satélites que se multiplican en la tierra. Porque la renovación estructural de las corporaciones halla inspiración en fantasías cósmicas: sugiere un capitalismo de satélites que giran incansables en torno a un centro de poder militar y económico.

Ejemplos concretos: las corporaciones editoriales han construido redes de satélites o micro compañías dispersas en el mundo entero con el fin de abaratar sus costos de producción; la industria de seguros médicos posee una red compleja de satélites donde funcionarios anónimos se encargan de negar a los enfermos tratamientos costosos; las corporaciones que administran la guerra en Irak siembran el terror entre civiles utilizando satélites mercenarios como Blackwater; el servicio nacional de inmigración delega la tarea del control cotidiano de los deportados a satélites que ejercen políticas de vigilancia carcelaria.

Cada corporación, así como cada gobierno corporativizado, flota como un ente esclerótico en el espacio, rodeado de satélites represivos encargados de bloquear el acceso humano a la sede central del poder. Transformando levemente la fantasía kafkiana del cuento "Ante la ley", cada uno de nosotros se postra NO ante una perspectiva de infinitas puertas cuyo acceso es imposible, sino ante un satélite que evoca fantasías del pasado y el futuro: fortalezas medievales, estaciones espaciales separadas para siempre de este mundo.

Tal vez la magia de *2001*, la película de Kubrick, resida en la combinación visual del futuro y el presente, tan poco común en las películas de ciencia ficción. Vemos estaciones espaciales, astronautas, planetas circulando en el espacio, complejas computadoras que controlan el curso de la nave; pero también vemos burócratas en traje de oficina, ataviados según el estilo corporativo de 1968, 2001 y 2015. En ellos encarna la fantasía capitalista de un sistema de control infinito, un sistema cuyo cosmos conquistable es el hombre, sometido finalmente a la tiranía de un poder blindado por satélites que espían, reprimen y controlan la mente y el cuerpo, pero no en las estrellas, no en Marte o Saturno, sino aquí mismo en la tierra.

Studio Appartment

Una amiga describe los "estudios", esos apartamentos donde el dormitorio, la sala y la cocina se funden en un solo espacio reducido, como "muñequeros". Encuentro el término impreciso porque solamente alude, hiperbólicamente, a la dimensión del espacio, pero no a su naturaleza. En realidad, las casas de muñecas son casas, es decir, cada uno de sus espacios es independiente de los demás y tanto sus paredes como la disposición de sus objetos evitan cualquier ambigüedad o confusión. Las miniaturas de Mrs. James Ward Thorne, por ejemplo, poseen una veracidad alucinante -efecto de la detallada reproducción de muebles y utensilios en escala micrométrica.

El "estudio" es más bien una suerte de limbo que oscila entre el apartamento y la celda. Para quien aspira a una vida monacal, la dimensión del espacio no interfiere en la expansión del espíritu, y el estudio asume el rigor ascético del claustro de un convento. Para los demás, equivale a la celda de un presidio. La autonomía intelectual es privilegio de pocos, convertir un estudio en torre de marfil o buhardilla romántica es poco menos que imposible: los recluidos del infierno urbano, en realidad, optan por los estudios con la resignación a que obligan ciertas condiciones materiales de existencia (salario, posición de clase, raza, etc).

Los estudios son producto de una política brutal y clasista del espacio. Son ataúdes en que transcurre, inmóvil, la existencia precaria de los individuos más vulnerables de la sociedad (estudiantes, obreros, intelectuales independientes, ancianos sin familia, etc). Son, en los dominios del Real State, la expresión cabal del Taylorismo: se divide el espacio en unidades mínimas en función de un lucro matemáticamente calculado, se incrementa la eficiencia administrativa por medio de conserjes, se aplica la vigilancia tecnológica propia del panóptico o la cárcel, se establecen reglas de comportamiento que aseguran el enclaustramiento (no conversar en los pasadizos, no fumar, no hacer ruido).

Los estudios, en última instancia, son el último reducto habitacional a donde van a parar las primeras bajas del neoliberalismo. Las políticas que los administran son corporativas, se diseñan en los bancos. De allí el significado esencial del crédito. Quien no tiene crédito, cedió a las tentaciones de la libertad, retó al sistema, vivió como gitano. Y como carece de las virtudes y el currículum limpio del esclavo, perdió el derecho de habitar un espacio.

Busboys

En los ritos que se despliegan en un restaurante de calidad, el *busboy* es una presencia incómoda. Hasta su llegada, todo lo precedió la cortesía, el saludo triple que proviene sucesivamente del dueño del negocio, el recepcionista y el mesero. De pronto, cuando los comensales ocupan su lugar en la mesa, los modales entran en suspenso y el rito evidencia una fisura: el *busboy*, que llega con el pan y el agua a la mesa, no habla, y el comensal, ya instruido, lo ignora. El *busboy* se convierte así en un apéndice material del mozo, un instrumento que espera, muchas veces inútilmente, por su ascenso, la conversión que le ha de restituir su humanidad y otorgarle la voz que monopolizan los otros actores de la (es)cena.

Es posible que esta brusca ruptura de los protocolos, que incomoda a cualquier comensal más o menos sensible, haya sido tramada, en un principio, tras los mismos bastidores. Puesto que las nuevas generaciones de busboys provienen de los países hispanos y su inglés, al menos al principio, es bastante limitado, es probable que los mismos propietarios de los restaurantes, movidos por el prejuicio, hayan decidido que el saludo de un hombre humilde sea más inadecuado, o vergonzoso, que su tosco mutismo. Y así tal vez dieron origen a esa forma pétrea, siempre vestida de negro, que oficiosamente teje su tela de araña entre las cuantiosas mesas del recinto.

Nadie que no haya formado parte de sus filas entiende a cabalidad su preparación y utilería. Trabajan los busboys en su aspecto para nadie. Hubo uno que me recomendó alguna vez usar siempre un anillo, porque se ve bien cuando uno sirve el agua. Otro tenía una plancha en el sótano del restaurante y con obstinación de artesano borraba las arrugas de su traje como si le molestaran tanto como a un escritor los errores de estilo. Casi te convencen, con hechos, de que para el oficio se nace. Si te cuelas en sus filas, sin serlo de corazón, pronto estrellarás la jarra de agua en la frente de un comensal, se te bajará la espuma de los capuchinos, romperás platos en tu retirada y acabarás peleado con el mozo cuya confianza traicionaste.

El busboy, en este tipo de restaurante, no alcanza esa liberación tan propicia en recintos más modestos, donde en complicidad con los cocineros y sus ayudantes amortiguan los rigores de la noche con improvisados chistes, diálogos o albures. Hasta la cocina llega la solemnidad del recinto y el lenguaje solamente sirve para agudizar premuras. Los restaurantes de lujo tienen una cualidad fúnebre que el luto parcial de los busboys adelanta. No se ha logrado abstraer los alimentos del todo: geométricas delicadezas, estructuras fantasiosas, explosiones de colores, no logran que uno olvide finalmente que la sangre se cocina. Y es el busboy quien nos extiende el cuchillo. Su sonrisa igualitaria nos recuerda nuestros dientes.

Puesto que forman parte de una misma cofradía, imagino algunas veces la transformación anárquica de su credo. Los veo, en el sótano del restaurante, tramando su pequeña gesta. Guardando en viejos relicarios estampas viejas de vírgenes y santos. Acumulando luego cubiertos con punta y filo, como si se aprestaran a tomar por asalto el escenario, para que la obra, renovada por su voz, vuelva a la vida.

Alma Isela García Soto

Nació en Colima, México, en 1983. Sus trabajos han sido publicados en las antologías *Jaula de Versos* (Nerfe, 2000) y *Caracoleando* (CAD, 2024), así como en el Diario el Noticiero, las revistas Contraste y Contratiempo. Ha leído sus poemas en la organización Poetry Foundation (Chicago, 2024), South Side Lit Fest (Chicago, 2024), Chicago Art Department (Chicago, 2023), y en varios espacios públicos de su natal Colima (1998-2001). Ha participado como moderadora de clubs de lectura en las bibliotecas públicas de Chicago. Su determinación por desarrollar el oficio de escribir la ha llevado a participar en diversos talleres literarios de poesía y cuento corto en México y Estados Unidos desde 1998. Actualmente reside en la ciudad de Chicago.

Rascacielos

Rafael era delgado y de una altura inusual, a sus 12 años ya superaba a la de su padre. Su voz grave se escuchaba poco por los pasillos de la casa o el patio de la escuela. Parecía como si tuviera una cantidad determinada de palabras para usar durante el día y las estuviera reservando para una emergencia. A Rafael se le ocurrían ideas atípicas para su nivel de educación que dejaban a sus familiares y maestros perplejos. Miraba como si tuviera los ojos de un anciano a quien no se le escapa una mentira. Supo a temprana edad que se dedicaría al diseño y la construcción de edificios. No por haber nacido en la cuna de la arquitectura moderna y del primer rascacielos. Tampoco por su admiración poco convencional a las obras de Frank-Lloyd Wright en Oak Park, ahora consideradas Patrimonio de la Humanidad. Sino por su fascinación al misterio que encierran los edificios históricos de la ciudad de Chicago y quizás, indirectamente, por el vértice donde confluyen la construcción y su familia. Su abuelo y su padre frecuentemente relataban cómo habían instalado láminas de tabla roca en los edificios más prominentes del centro. Rafael tenía muy presente los largos recorridos en coche por el Lake Shore Drive durante la rush hour, cuando en el momento más inesperado, su abuelo levantaba las cejas, abría la boca como si quisiera apagar las velas de un pastel y apuntaba a la distancia, para luego explayarse en interminables historias.

—¿Ves aquel edificio de las antenitas? —le decía—. Allí remodelamos los pisos tal o cual.

Su abuelo nunca soñó con ser arquitecto. Ese era un puente de inimaginable diseño e imposible edificación. Su escueta formación académica se limitó a unos cuantos grados de primaria, donde aprendió a leer, sumar y restar a regañadientes en una escuela rural de México. Las maestras que venían de la ciudad renunciaban frecuentemente, debido a la lejanía y a la soledad de un pueblo que bien pudo haber sido descrito en un cuento de Juan Rulfo. Entre el crujir de milpa seca y ladridos, lo más común era ver procesiones de ancianas caminando hacia la iglesia, con mantillas sobre la cabeza, rezando el rosario y pidiendo por sus hijos ausentes. Había mucha tierra, pero árida y estéril. Era un pueblo sin hombres. Parecía un extraño caso de adaptación bioevolucionaria donde tan pronto como los varones cumplían 16 años, se les activaba el gen de la inmigración a los Estados Unidos, como un impulso inconsciente para la preservación de su especie. Más tarde regresaban con dólares, para casarse con una mujer dócil, hacerle unos cuantos hijos y devolverse al Norte. Su abuelo se consideraba un "bracero", por haber sido contratado de forma legal en los 60 para trabajar en los campos de cultivo de los Estados Unidos. Años más tarde, su abuelo decidió probar suerte en la ciudad de los vientos. Abandonó el corte de la uva en California debido a las largas jornadas laborales y el ínfimo sueldo que no justificaba el sudor y las lágrimas. Su abuelo nunca aprendió inglés. No era necesario. En el barrio donde vivió por más de 40 años la mayoría eran inmigrantes mexicanos y sus compañeros de trabajo eran hispanohablantes. Las tienditas de abarrotes mexicanos que estaban cerca también fungían como taquerías improvisadas, cambiaban cheques y hasta proveían servicios de inmigración.

Rafael tenía una fijación con el orden. Entropía y sintropía eran palabras vivas conversando entre las paredes de su cráneo. En su imaginación era capaz de ver como algunos materiales simples se levantaban en el aire, entrando en el vórtice de una fuerza centrífuga. El orden del caos entretenía a un tornado de ladrillos, vigas de madera, y losetas para después de exactamente 369 revoluciones detenerlo y depositar cada pieza en el lugar preciso, formando la construcción más exquisita y funcional. Sus pensamientos eran imágenes, fotos de una cinta cinematográfica que cada vez era menos abstracta al trazarla en el papel. Rafael no se explicaba de dónde venían esas imágenes, pero hacía lo posible por hacerles justicia en sus bocetos. El doctor dijo que tenía autismo, pero Rafael era más empático que todos los empleados de la clínica juntos. Podía percibir las emociones, intenciones y aflicciones de las personas con solo mirarlas, pero las guardaba detrás de sus labios amurallados. Un lunes después de la escuela, Rafael se escapó de su casa, tomó el tren hacia el centro de la ciudad y por horas admiró las fachadas y detalles arquitectónicos de los edificios como si estuviera tratando de escapar de un jaque mate. Sus ojos se deslizaron sobre las formas onduladas del Aqua Tower, se perdieron en los detalles neogóticos del Tribune Tower y las composiciones geométricas del edificio Art Déco del

Chicago Board of Trade. Los ojos de Rafael se afianzaron a las gárgolas de la biblioteca Harold Washington por 31 minutos antes de que decidiera explorar el interior del edificio. Pasó horas en la sección de arquitectura del octavo piso, donde su memoria fotográfica engullía palabras e imágenes con una avidez voraz. Sin que sus padres se dieran cuenta, Rafael hizo el mismo recorrido arquitectónico diariamente de manera sistemática por doce meses. En el último mes, encontró un libro que obviamente estaba fuera del estante correcto. Su título en inglés leía *The Devil in the White City*. Al abrirlo encontró una hoja impresa que enlistaba las universidades con los mejores programas de arquitectura del mundo. Las palabras e imágenes en el papel eran un hilo que se enredó y desenredó cientos de veces en su cabeza durante su trayecto de regreso a casa. En la quietud de su recamara, Rafael releyó cada párrafo una vez más, antes de percatarse de la frase en letras pequeñas al pie de página que decía: "Al fin te encontré".

Carolina Herrera

Ha ejercido como abogada, diplomática, intérprete, traductora, gerente de proyectos, capacitadora de intérpretes y profesora adjunta de traducción e interpretación. Actualmente es Directora de servicios globales de Interprenet, una compañía que proporciona servicios lingüísticos en todo el mundo. Ha escrito dos novelas. *#Mujer que piensa* (El BeiSMan Press, 2016) y *Flor de un árbol raro* (El BeiSMan Press, 2021). Ambas han obtenido el primer premio en sus respectivas categorías del International Latino Book Award. Su obra de teatro *Sacrificios* fue ganadora del festival "Inicios" auspiciado por CLATA (Chicago Latino Theater Association). Sus cuentos y ensayos han aparecido en casi una decena de antologías de escritores en Estados Unidos. Ha traducido numerosos guiones para cine y televisión. Es co-organizadora de la Feria del Libro de Chicago y Directora de El Beisman punto com.

Una estrella

Haga clic en el nombre de usuario para ver todas las reseñas de @krara.

Goodwill

Si pudiera darle menos de una estrella, lo haría, pero la calificación mínima es de una estrella, así es que le daré una estrella. Antes de la pandemia, *Goodwill* estaba muy bien surtido, pero ahora es un cementerio de racks y botaderos. Tienen muy poco inventario de ropa de buena calidad en mi talla. Por culpa de la pandemia subí 25 libras, pero no soy la única. El mundo engordó. Después de un rato de buscar encontré una blusa que me sentaba bien. Estaba hecha de una de esas telas amables que no se pegan a las lonjas; con un estampado de florecitas de colores que sirven para distraer la pupila. Quería verme bien para un date que tenía esa noche con Andrés, el primero desde que el mundo se fue a la mierda. Íbamos a celebrar un año de conocernos y tenía mucha ilusión de salir después de estar encerrados tanto tiempo. Cuando fui a pagar, la cajera me pidió que me pusiera el tapabocas, de lo contrario no podría cobrarme. "¡Anduve por toda la tienda sin tapabocas y ahora quiere que me lo ponga! ¡Eso es violentar mis derechos! ¡Yo decido sobre mi cuerpo y lo que le beneficia o afecta! ¡Nadie más!". Otra empleada, una de esas chinas que se ven muy competentes, sacó su celular y me apuntó con la cámara. Como si una cámara tuviera el mismo efecto que una pistola. Sin quitarme el ojo de encima, repitió lo del uso de la máscara (que de milagro logré captar). Andrés opina que, aunque no me guste, debo seguir las reglas, hacerle caso a la ciencia, (¡¿qué sabe él de ciencia si trabaja en una bodega de Amazon?!), pero no estoy de acuerdo con seguir reglas injustas. ¡A mí nadie me va a decir lo que puedo hacer con mi cuerpo y menos el gobierno! No confío en ellos. Total, que la morena de la caja no me quiso cobrar la blusa y amenazó con llamar a la policía si no me iba de inmediato, mientras la china seguía todos mis movimientos con su teléfono. Me rehusé a darles el gusto de hacerse virales conmigo; aventé la blusa sobre el mostrador y salí de la tienda, no sin antes decirles que de nada les iba a servir el tapabocas en el infierno. Les recomiendo que no vayan a *Goodwill*. Son socialistas.

Sandra's Hair

Si pudiera darle menos de una estrella, lo haría, pero la calificación mínima es de una estrella, así es que le daré una estrella. Me duele escribir esto, pero después de seis años de lealtad, *Sandra's Hair* ha perdido a una de sus mejores clientas. Sobra decir que durante la pandemia no tuve oportunidad de ir al salón no solo porque lo cerraron, sino porque me despidieron del trabajo en el restaurante. La libré un buen rato, pues el negocio de la comida para llevar explotó, pero cuando me dijeron que me tenía que vacunar, les dije que ni de chiste. A mí nadie me va a obligar a meterle a mi cuerpo algo sin saber cómo y de qué está hecho. He visto los videos en YouTube y no quiero sufrir un derrame cerebral, o peor aún, quedarme estéril. Sueño con ser madre y sé que algún día Dios me concederá ese milagro. No me puedo arriesgar a que mis hijos nazcan con un defecto provocado por la vacuna. El caso es que la raíz de cinco centímetros ya se veía mal. Eso no da buena impresión cuando estás buscando trabajo. Quise aprovechar el último cheque del stimulus para levantarme el ánimo, entonces fui con Sandra. ¡Qué decepción! Para empezar, me tuvo una hora esperando, ¡con el maldito tapabocas puesto! Esa fue una condición para obtener la cita: debía llevar tapabocas en todo momento. Al llegar me llevé una sorpresa porque mucha máscara, pero poca sana distancia. ¡El lugar estaba lleno! Era obvio que Sandra quería hacer su agosto y le había dado cita a todo el mundo. Después de una hora, me pasó a la silla y cuando le dije que quería pintarme el cabello rubio, me triplicó el costo. ¿Qué le pasa? Ya sé que las cosas han subido de precio y que me ha crecido mucho el cabello, pero ¿qué la lealtad no tiene valor? Soy una cliente frecuente, no tengo trabajo, y a ella le está yendo muy bien. Sus explicaciones de por qué no recomendaba teñirme el cabello no me convencieron. "Está muy reseco, lo mejor es cortarlo y hacerte lo de siempre, chica, ponerte un color más a tono con tu base, se verá más natural". Yo no quiero "lo de siempre", no quiero verme "más natural", lo que quiero es verme sexy porque noto a Andrés (mi novio) muy huraño. Estar encerrados nos ha hecho pelear más que nunca. ¡Y cómo no! Fue y se puso la vacuna y le dije que no me podía tocar por lo menos en dos meses porque leí que te pueden pasar los ingredientes de la vacuna a través del esperma. No hemos tenido sexo desde entonces. Le expliqué todo esto a Sandra pensando que me entendería, pero no. Se me quedó viendo como si tuviera un cuerno en la frente argumentando que para hacerme lo que yo quería con el presupuesto que yo tenía, tendría que aceptar sus sugerencias. No me quedó de otra más que aceptarlas, pero no me gustó. ¡Me lo cortó demasiado! Cuando le dije que no le iba a pagar porque ahora, en lugar de verme sexy, me parecía al presidente de Corea, la muy cínica abrió la puerta con el brazo extendido, invitándome a salir. ¡Qué clase de servicio al cliente es ese! Es un salón de capitalistas comunistas. Lo peor fue que Andrés se enojó conmigo por gastarme el dinero a lo pendejo. Cuando le dije que me había salido sin pagar, se encerró en su cuarto. Por culpa de Sandra tendré que dormir en el sillón (no es mi depa). No me puedo dar el lujo de dejarlo porque prefiero vivir con él que con mi mamá. Me ha prohibido visitarla hasta que no me ponga la vacuna (es diabética). Mi hermano le ha metido muchas ideas en la cabeza, con eso de que trabaja para el alderman, ¡ni quien lo aguante! ¡Estoy rodeada de snowflakes! Eso me pasa por vivir en Chicago.

Nails4You

Si pudiera darle menos de una estrella, lo haría, pero la calificación mínima es de una estrella, así es que le daré una estrella. Vine a que me hicieran un pedicure y salí traumada. Estoy impresionada con las medidas de seguridad que han implementado los vietnamitas (no por nada ganaron la guerra): toma de temperatura, lavado de manos y máscara N95. Solo les faltó revisarme la cabeza para ver si traía piojos. Inmediatamente, me pasaron al sillón de masaje, metí los pies en el agua y tuve que esperar a que se desocupara una de las técnicas. Todas son mujeres de nombres imposibles de pronunciar, lo bueno es que llevan una batita con el nombre gringo bordado (Linda, Julie, Milly, Lucy) y así por lo menos, si hacen algo mal, uno las puede identificar. Ojo porque las batitas no están asignadas, así que la que hoy es Linda, mañana es Milly, entonces si hay alguna queja, debe presentarse de inmediato. Pierre, el dueño, que también se pone a hacer manicures cuando hace falta, les habla como si estuvieran en un campo de concentración y nunca sonríe. No entiendo como un hombre puede ser manicurista o pedicurista, o por qué escogió un nombre francés (ridículo). Pierre se acercó al sillón donde me encontraba, se sentó frente a mí y confirmó que el pomo con barniz anaranjado era el que yo había escogido. "Bely blait", fue todo lo que dijo, hasta que sentí un pinchazo en el dedo gordo del pie y vi una gota de sangre brotar. El chinillo me metió el pie al agua, sacó una toalla y la puso sobre mi dedo, presionando para detener la hemorragia. Nunca me pidió una disculpa, solo dijo, "soli, soli", me quitó la toalla y confirmó que ya no sangraba. Yo me quería ir porque me daba miedo que me fuera a lastimar otra vez, pero me aguanté porque ni modo de irme con un pie hecho y el otro no. Al día siguiente tenía un date con mi novio que hace semanas no veo porque agarró un turno de noche y yo trabajo durante el día. Él es podófilo (no pedófilo). El caso es que cuando vi al chino con las tijeritas en la mano, listo para continuar, comencé a sudar frío de puro estrés, pero me armé de valor. Le subí la potencia al masaje de la silla y me relajé. Al terminar, le dije, con mucho respeto, que como me había cortado no le iba a pagar. El hombrecillo ni siquiera negoció. Comenzó a gritarme cosas que no entendía, hasta que caí en la cuenta de que me estaba insultando en vietnamita. Lo único que capté fue "you pay o police", a lo que respondí "blood" y "lawyer", mostrándole las fotos que había tomado con el teléfono sin que se diera cuenta, y eso lo aplacó. No recomiendo que vayan a este lugar porque el dueño es un hombre incompetente, malhumorado, grosero y encima de todo, no se le entiende nada. Ese no es trabajo de hombres y menos de izquierdistas.

Bob's Pizza

Si pudiera darle menos de una estrella, lo haría, pero la calificación mínima es de una estrella, así es que le daré una estrella. Ayer me mudé y antes de abrir las pocas cajas que me traje del depa que compartía con mi ex, llamé a *Bob's Pizza*, la más cercana a mi nuevo hogar con más de cuatro estrellas en promedio. ¡Error! Me contestó un tal Joe quien de mala gana tomó la orden advirtiendo que se tardaría por lo menos una hora en llegar porque era 31 de diciembre y estaban muy ocupados. Podría haber salido a comprar algo de comer, pero entre el cansancio que siento por la mudanza, el dolor de cabeza y la tos que traigo desde ayer, preferí esperar. Le tuve que repetir mi nombre tres veces y luego deletrearlo porque el tal Joe está más sordo que mi ex (me da coraje escribir su nombre). Ni que yo tuviera uno de esos nombres imposibles de pronunciar, como los vietnamitas. Es Karina. ¿Katrina? No. K-a-r-i-n-a. Ka-ree-nah. Ignorantes y racistas. Al final me dijo que recibiera al repartidor con tapabocas y que si quería agregar la propina de una vez. Ni siquiera dijo "por favor", y ahora resulta que la propina es a la fuerza, independientemente de la calidad del servicio. Le dije que se la daría en cash. Mientras esperaba la pizza decidí comenzar a abrir las cajas. Mala idea. Todo me recordaba al innombrable. Nos conocimos poco antes de la pandemia y cuando estalló, decidimos que me fuera a vivir con él, así podríamos repartirnos los gastos. Tuve la seguridad de que era obra de Dios porque al poco tiempo tuve que renunciar a la taquería donde había trabajado por años. Me tardé tiempo en encontrar un trabajo que me respetara. He sufrido por el desdén de los que insisten en limitar mis derechos, exigiendo el tapabocas, la vacuna o la prueba negativa, como si fueran los tiempos de la Inquisición. ¡Estoy harta de esta discriminación! No entienden que Trump está combatiendo la corrupción y lo que quiere es ayudar. Mi mamá me dejó de hablar. Mi mejor amiga, dejó de serlo. ¡Y todo por la maldita pandemia! No entiendo. ¿Qué tanto te puede proteger la mascarita? Tan bien que estábamos antes de que los chinos soltaran ese virus. Lo bueno es que encontré trabajo de recepcionista en un negocio de renta de equipo pesado y me siento como en familia. Al dueño no le importa si usamos máscara o si nos lavamos las manos. Mr. Ahern es un gran patriota. El repartidor llegó cuando estaba abriendo la última caja, más de una hora después. Por supuesto que no le di propina, y cuando alcancé a ver su playera de Madonna me quedó claro que ese establecimiento es de socialistas gays. Y lo peor de todo, ¡la pizza no me supo a nada!

Hospital Cook County

Si pudiera... esperé ocho horas en un pasillo. Sola. Este lugar es horrible. Puro llanto y gritos. No tengo fuerzas para escribir. Apenas puedo ver el teléfono porque la máscara de oxígeno me estorba. No he comido en tres días... todo por sonda. Las ojeras de la enfermera... qué impresión... me dice que respire despacio, pero me cuesta trabajo. Sopla el popote. Sopla. Sopla. Sopla. Sola...

León Leiva Gallardo

Amapala, Honduras, 1962. Narrador y poeta. Autor de las novelas *Guadalajara de noche* (Tusquets Editores, 2006), *La casa del cementerio* (Tusquets Editores, 2008) y *Profesor de humanidades* (Nautilus Ediciones, 2023). *El pordiosero y el dios* (MediaIsla, 2017) reúne una selección de narrativa breve. De su obra poética figuran: *Palabras al acecho* en la coedición *Desarraigos* (Vocesueltas, 2008), *Tríptico: tres lustros de poesía* (MediaIsla Editores, 2015) y *La última estación* (Editorial Efímera-UNAH, 2023). En el 2019 recibió el Premio Poesía en abril de la Universidad DePaul y la revista Contratiempo de la ciudad de Chicago. Leiva Gallardo radica en Chicago, donde también se ha destacado como reseñista de temas literarios, arte y ópera, colaborando en las principales revistas culturales en español de la ciudad: Contratiempo y El Beisman. Su obra también se ha publicado en revistas internacionales como Plenamar (Rep. Dominicana), El escarabajo (El Salvador) y Revista Carátula (Nicaragua), entre otras.

La trayectoria literaria de Leiva Gallardo inicia en 1988-1989 cuando sus primeros poemas aparecen en la revista American Goat de la Universidad de Northeastern Illinois. En los 90 colabora con revistas literarias en español como Tres Américas, Fe de Erratas, AbraPalabra (UIC-Chicago), Contratiempo, El Beisman, Luvina (UDG, México) y Agenda del Sur (Argentina).

De las antologías locales de ese período figuran Shards of light/ Trizas de luz (Tía Chucha Press, 1998) y Ficción Latina del Heartland (John Barry, 2004).

After-Hours

Que no sea del todo un descuido olvidar que lo perverso en Dr. Jekyll solamente se da a conocer, en toda su intensidad, en los momentos más humanos de Mr. Hyde. He ahí la belleza y la complejidad de la obra literaria, tanto humana. Esto no es nada descabellado una vez uno se asoma a la estepa de lo amoral. De la misma manera que la luz en la tundra enceguece, también la oscuridad a tientas nos da visión más certera. Lo gris desorienta. Más sufren Dr. Jekyll y Mr. Hyde en el momento gris de la metamorfosis que en sus extremos de integridad o desintegración. Porque sólo en ese momento sienten el inmensurable peso del saberse una mera casualidad. Tanto el bien como el mal son alas del mismo ángel errante.

Eran quizá las seis de la mañana o las seis de la noche. En todo caso era la hora cuando la luz de invierno es engañosa en Chicago. La calle deshabitada. Una calle apenas para los pies entumecidos del basto. La calle larguísima como el suspiro de alguien a quien no le importa ya haber perdido todo. La calle fría, las aguas congeladas. Y de repente una camiseta blanca tendida en la acera. Tendida como para que se secara. La camiseta blanca de par en par con los brazos en cruz. En el mero pecho un sol naciente de sangre. Coágulos todavía viscosos. No se congelaba la sangre porque todavía hervía de rabia, de miedo, de culpa, de qué sabría de qué. Un paso más y casi pisoteo un corazón desplomado.

—¡*Mataron al negro!*

—*¡Qué!*

—*Mataron al negro.*

—*Dito, si se acaba de il.*

A deshoras de la noche, o a menores del día, todos los transeúntes del alcantarillado somos responsables. Todos matamos al negro. Todos confundimos el día por la noche y nos entregamos al episodio gris que nos acusa de cobardes o de pordioseros. La mortalidad no nos permite quedarnos en el momento gris. La mortalidad nos hace cometer pactos de hambre con el bien y el mal.

Si alguna vez los dioses se avergonzaron de su creación, no fue por las maldades que sus vástagos hacían en el momento del mal, sino por las bajezas que cometían en los momentos del bien. En nombre del amor se han cometido y se seguirán cometiendo los peores crímenes. El amor conoce las espaldas del bien y del mal. Lejos está lo gris de la mirada del enamorado.

A deshoras de la noche se desploman muchos corazones. Algunos corazones de sangre, algunos de tinta, de pulpa y papel, y más que alguno de la luz menos gris que se haya vislumbrado. A la hora gris el hilo del dios apenas y con penas divide, distingue, entre el cielo y el mar. Los *after-hours* son las catacumbas de los lázaros arrepentidos. A nadie se le ha ocurrido pensar que Jesucristo cometió un gran pecado al revivir a Lázaro. Ese acto de aparente bien fue una de las peores bajezas del Cristo. A Lázaro le quitaron el derecho humano de morir como Dios manda.

Muchas noches grisáceas vi entrar cabizbajo a Lázaro en los *after hours*. Generalmente se sentaba solo y apenas gesticulaba cuando alguien lo quedaba viendo en el espejo. Cada sorbo de licor y cada suspiro de polvo le sabían al dulce formol que se nace en los resquicios de la morgue.

En la morgue está tendido Lázaro Quiñones con un boquete morado en el pecho. Los pies amarillos apuntando al cielo raso.

—*Dito, si Lázaro acababa de ilse.*

—*Pobre nene. Ya había dejado de tomal y ya no se metía droga, man.*

—*Y ¿dónde lo van a velal?*

—*Chacho, si el pobre no tiene nadie quien lo entieje.*

—*Dito.*

La muerte nunca nos sorprende. El único absoluto del que tenemos certeza, y a la vez duda, se hace saber hasta en el último estertor. Hasta para con el moribundo se procura la esperanza: el lenguaje o la música del buen morir. Porque la vida es como una madre abnegada, que no deja de soñar ni cuando ya los restos de su ser querido han desaparecido. Pero rara, también, la certeza que se nos revela lentamente, aunque el golpe ya se halla atestiguado. Así nos está costando creer que, en una mañana de éstas, nuestros ríos, con las crecidas del fin, arrastrarán todo lo que se ha aparecido o alucinado en el camino. La muerte se nos manifiesta a sabiendas.

La conciencia insinúa un flagelo más sádico que el designio de la naturaleza. La imperecedera nostalgia de lo desconocido nos carga de culpas y de misticismo. Mas lo cierto es que el desastre se da a la neutral empresa de cobrarle al hombre más de lo que el hombre se imagina.

El ciclo natural de creación y destrucción se acelera ante nuestras miradas, y la morbosidad —la enferma partitura de la misma esperanza— hace todo lo posible por encontrar símiles y metáforas para decir que el desastre también contribuye al parto de su propio vástago. La madre que se da a luz a sí misma, o como diría Blanchot: *el negro desastre que trae la luz*. Pues somos lo inefable, ese punto cero donde se da la analogía. Ese perecedero instante de placer doloroso, de dolor placentero, algo que sólo se puede concebir a través de un dios o a través de la poesía: pero nunca por un medio tan raso como es la ciencia o un proceder tan falseante como el entendimiento. Y quizá no sea del todo un equívoco decir que la belleza es la única manera de alcanzar lo divino, pero este paso no es el estadio más alto —y logrado— por el hombre. La belleza es simplemente nostalgia. Y donde hay nostalgia, hubo paraíso perdido. Entonces, el desastre es la fugacidad del sí mismo, sufrir amnesia del presente y concretar cada eslabón del futuro a medida que nuestro pie lo alucina. El desastre es la invalidez de la historia. El desastre es ser viajero de las necesidades creadas: ser un cráneo más en el Gólgota de las cosas, para procurar dejar de pensar lo que no podemos dejar de saber y decir, es decir, que la muerte nunca nos sorprende. Porque la llevamos a rastras como si fuera el alma misma: como el querer creer o creer querer que fuera el alma misma.

Se iba Mr. Hyde a los antros del Londres brutal. Y Dr. Jekyll sabía más a manera filosófica que a modo científico lo que Parménides le había enseñado a los que tuvieran oídos que los cambios de grado con el tiempo llevan a un cambio categórico. Dr. Jekyll con la poción acelera el cambio gradual y lo torna categórico. De esa manera niega el ser. No hay absoluto. Porque en su alma siente un descontento que no se puede curar con la muerte, sino con la vida, con el sufrimiento. Muchas veces Mr. Hyde fue tierno con las prostitutas. Muchas veces Dr. Jekyll fue malvado con sus criadas.

La gran ciudad nunca fue gris para Dr. Jekyll o para Mr. Hyde. Porque en el momento gris ambos estaban inconscientes de que en ellos oscilaba un hombre con alas de cera. Ni Dr. Jekyll ni Mr. Hyde lograron ver a través del vidrio oscuro o la ventana de Castel.

Miguel Marzana

Escritor y poeta boliviano, es autor de los poemarios *Descomposiciones -Aceite de un cielo* (Verso Destierro, CDMX, 2019) y *Poemas de Chicago* (Amargord, Madrid, 2024). Actualmente es coordinador del taller de poesía y creación literaria de la revista Contratiempo, y miembro de su consejo editorial. Es director de Manzana Editorial. Su obra ha sido publicada en antologías de poesía y cuento y revistas impresas y digitales dentro y fuera de EE.UU.

What is within me is outside of me

La primera vez que lo escuché me pasó algo muy extraño. Todos habíamos oído alguna vez de las apariciones de fantasmas potawatomi y de soldados después de la masacre del Fuerte Dearborn, pero en realidad creo que no estaba preparado para razonar esta cosa, esta luz que terminó antropomorfizándose y que con un sonido insoportable que defino como la voz de un niño haciendo un: *"eeel woooip"* se iluminó succionándome hasta atraparme en este alvéolo del subsuelo de Chicago.

Para la mayoría de las personas a las que les suena familiar el complejo subterráneo de Chicago, y a las personas a las que la ciudad les ha remolcado sus autos en el Loop o River North y han tenido que bajar a recuperarlos, el punto más subterráneo se encuentra debajo de calles Lake, Randolph y Harbor que se conectan con Lower Wacker Drive debajo del parque Benton, pero se equivocan...

El testimonio del jesuita francés Benoit de Maximilien, que llegó en 1675 con la misión de Jacques Marquette al lugar donde se construiría el Fuerte Dearborn casi un siglo después, dice que hay una serie de cavernas y túneles en lo que fue la explanada cerca a la desembocadura del río Chicago, donde más o menos ahora están el Tribune Tower, el Sheraton y el edificio de la NBC; según la correspondencia que este mantuvo con Marquette, es ahí donde de Maximilien vio manifestarse al "espíritu resplandeciente", que es como él lo llamó. Acorde al testimonio, al comienzo surge un sonido extraño que deja una campanita en los oídos. Si esto sucede, después de un breve silencio se vislumbra un puntito luminoso del que crece una luz envuelta en algo que podría describirse como una masa de plasma o un borrón flotando. Según de Maximilien, solamente después de estas señales, y también dependiendo de la persona, puesto que no todos estamos constituidos de igual forma para enfrentar el miedo, es que el ente se deja ver.

Gracias a un un artículo publicado en el Chicago Tribune en 1903, me di cuenta que el testimonio de Benoit de Maximilien podría conectarse de alguna forma con el hallazgo de la misteriosa Piedra Waubansee, documentada por primera vez por el capitán John Whistler a principios de 1800. Esta extraña piedra es una enorme roca de granito glacial, con una cabeza esculpida en una de las superficies. El relieve tallado con maestría muestra el rostro de un hombre con barba con la boca abierta y los ojos cerrados. En la parte superior de la piedra, hay un cuenco en forma de gota que se vierte a través de la cabeza y sale de la boca sobre el labio inferior del rostro. Algunos historiadores le atribuyen la escultura a los nativos argumentando que la construcción servía como mortero para maíz. El historiador Henry Hurlbut popularizó la idea de que la piedra la esculpió un soldado en homenaje a la amistad que entabló con el jefe potawatomi "Waubaunsee", de ahí el nombre. Ambas hipótesis fueron posteriormente descartadas y reemplazadas por la de una segunda escuela de historiadores que están convencidos de que la llamada Piedra Waubansee data de cientos, o incluso miles de años antes de que Marquette llegara por primera vez a este sitio en 1673. Según esta teoría, la parte superior de la roca es un altar de sacrificios en el que tal vez los constructores de túmulos de la América prehistórica ofrecieron sacrificios humanos y animales. También se cree que el rostro tallado es la representación de un dios antiguo, un dios fenicio al que se sacrificaban los niños de sus enemigos. En el caso de la Piedra Waubansee, se presume que la sangre del sacrificio fluiría a través de la escultura hacia el río Chicago como una ofrenda a los dioses del agua, asegurando así un paso seguro por el río Mississippi hasta el golfo de México. El horrible propósito de la piedra es evidente, los ojos cerrados del hombre o Dios, muestran un estilo inusual en estos lugares, pero recurrente en el arte fenicio que se utilizaba específicamente para sacrificios infantiles.

En cuanto terminé de leer el artículo me quedé pensando en las conexiones. ¿Fenicios? ¿Sacrificios en el lago Michigan? ¿Qué tiene esto que ver con el tal espíritu resplandeciente?

Ya no había vuelta que dar, ahora tenía que encontrar esos túneles a como dé lugar. Un indigente llamado Yaroufakis de quien por voces de grafiteros y otros mendigos que habitan el intestino de la Lower Wacker, se dice que encontró una serie de túneles y cavernas debajo de la ciudad tras haber desaparecido por varios meses. Un guía turístico encontró a Yaroufakis llorando a los pies de la estatua del Eterno Silencio en el cementerio Graceland, cerca de Wrigleyville. Estaba esquelético y tenía las córneas grises. Su historia dio la vuelta al mundo, por un tiempo los canales de televisión locales reportaron el hallazgo de Yaroufakis como si él mismo se tratara de una aparición. Yaroufakis nunca le contó a nadie sobre lo que le había ocurrido, excepto después de que lo soltaron y regresó a la calle. Él es el único de quien se dice vio el espíritu resplandeciente y pudo emerger.

Los testimonios que existen de este ser sobrenatural se remontan a los tiempos de la colonia, pero el testimonio de Yaroufakis es el más reciente e importante. Después de varios días buscándolo en las inmediaciones del London House y el puente de la avenida Michigan lo encontré pidiendo cambio cerca de la taberna Billy Goat, y para mi sorpresa cuando lo abordé, casi sin esfuerzo él me ofreció su guía a cambio de unos cigarros, unos dólares y una doble cheeseburger con papas. Tengo un canal de Youtube con casi un millón de suscriptores, soy investigador de fenómenos paranormales. Mi equipo está compuesto por mi novia Ludmila que es una médium ucraniana, Alfonso que es un renombrado chamán caribe, Miguel que es un yatiri boliviano y yo que soy estudiante de teología en el Moody Bible Institute. Lástima que en esta ocasión mis compañeros no pudieron venir.

Confiado en la buena energía de nuestro encuentro convencí a Yaroufakis de descender esa misma noche, no sin antes recibir una advertencia por parte del viejo mendigo:

—No todos salen. Si crees que podrás salir fácilmente te recomiendo que regreses a tu casa con tus seres queridos, porque después de cierto punto solo sentirás una inmensa desesperación. Te llevaré hasta el punto que yo llamo el "exaporeomai". De ahí, tienes que elegir entre seguir o regresar, nadie te puede decir qué hacer.

—¿Qué es el exaporeomai? —pregunté.

—Es una palabra griega que significa "renunciar a toda

esperanza". Te acompañaré hasta ahí, que es donde encontrarás el rostro de un hombre barbón tallado en una piedra. Ese, para mí, es el principio del final. Ya lo he visto, prefiero que alguien me prenda fuego mientras duermo, como han estado haciendo algunos malnacidos con nosotros los mendigos de la Wacker antes de volver a ese lugar.

La entrada que Yaroufakis encontró está en el parqueo subterráneo del hotel Palmer House. ¡Sí, ahí está!... Allí hay un drenaje que baja por lo menos siete pisos hasta una cámara que, según Yaroufakis, se interconecta en una serie de túneles y cavernas que van desde el Planetario Adler hasta inmediaciones de la Arquidiócesis y la Escuela de Latín en Gold Coast. También dice que hay dos salidas, pero una de ellas es una trampa.

Nos escabullimos en el Palmer House por el callejón de donde se recoge la basura del hotel. Encontramos el drenaje y estando ya abajo, lo verifiqué, caminamos en la oscuridad y después de un buen rato encontramos la piedra tallada, me dieron escalofríos sin saber si esa es la verdadera Piedra Waubansee; y tal cual dijo Yaroufakis, ahí comienza un profundo sentimiento de desesperación, sentí un miedo atroz porque solo se puede seguir a gatas a través de un larguísimo agujero que está al pie de un cenotafio detrás de la piedra. No recuerdo bien en qué momento me separé del griego o lo que pasó después, pero ahí vino el primer *eeel wooip* como un mordisco. Ensordecí por un momento y vi una lucecita recorriendo el túnel, sentí que todo estaba de cabeza. Me arrastré hasta llegar a una especie de salón con tres cámaras. En la primera cámara hay un sol pintado en el techo y un espejo en la pared que está frente a la entrada. En la segunda hay una luna creciente y una flecha clavada en el suelo que parece una raíz brotando de la tierra. En la última cámara que aparenta estar vacía, hay un círculo en el suelo y una serie de símbolos adornando la figura de un hombre dentro de dos triángulos superpuestos de forma opuesta en el techo, lo curioso es que esta cámara no tiene eco, las otras sí.

Ya ni siquiera me acuerdo cuánto tiempo llevo aquí. Por eso digo que la primera vez que lo escuché me pasó algo muy extraño. Tratando de comprender qué sucedía me puse a hacer mediciones con el ghost scanner y el EMF, cuando me pareció escuchar la voz de Ludmila llamándome de la cámara de al lado, pero cada vez que llamaba e iba a su encuentro la escuchaba como si estuviera en la cámara de la que acaba de salir. Nunca la pude encontrar. Desde entonces creo que camino en círculos y cuando creo estar cerca de la salida escucho el maldito *eeel woooip* que me paraliza, luego siempre vienen la campanita en los oídos, la bolita de luz, el silencio y finalmente el tétrico lamido del espíritu resplandeciente.

Ahora lo sé, estoy atrapado. A veces siento como si dejara atrás el cuerpo fusionándose a la tierra. Entonces desde este alveolo subterráneo camino hasta la tumba del eterno silencio y la veo desde abajo, a veces puedo escuchar los trinos de los pájaros y el canto de las belugas en cautiverio, escucho como el agua golpea las rocas y las hiere, he ido de arriba a abajo hasta el ojo del planetario buscando ver el cielo, camino, siento como tiembla la tierra y luego se apaga con un enjambre de autos y personas, pero pese a todas esas sensaciones de vida no puedo salir.

Esmeralda Mora

Autora mexicana, es reconocida por su destacada labor en la promoción del aprendizaje de idiomas, especialmente el español. Como Maestra del Año de Illinois en 2024, su pasión por hacer que el aprendizaje de idiomas sea accesible y llamativo es evidente. Además de ser autora de bestsellers y ser destacada en libros de texto como "Entre Culturas 2023", Mora es una líder educativa comprometida. Fundó wearelllab.org y ha sido invitada a hablar en conferencias internacionales. Con una trayectoria académica sólida y un profundo compromiso con la comunidad, Mora continúa inspirando a otros a través de su trabajo. Actualmente se encuentra escribiendo su próxima novela juvenil, demostrando así su dedicación a fomentar la lectura y el aprendizaje de idiomas en jóvenes.

Entre la sombra y yo

La niebla envolvía la ciudad como un manto mortuorio, ocultando las calles y los edificios en un velo gris. En el corazón de Chicago, en un barrio repleto de vida y tradición, vivía Katelyn, una joven de ojos oscuros y cabello azabache. Katelyn era una mujer fuerte, independiente, pero también sensible y espiritual.

Desde pequeña, Katelyn había sentido una conexión especial con el lago Michigan. Sus aguas profundas y misteriosas la fascinaban, pero también la llenaban de un cierto temor. Los ancianos del barrio contaban leyendas sobre entidades sombrías que habitaban las profundidades del lago, criaturas que arrastraban a los incautos hacia su reino submarino y desaparecían para nunca volver.

Una noche, mientras paseaba por la orilla del lago, Katelyn sintió una presencia extraña. Una sombra se deslizó por el agua, una sombra que parecía tener forma humana, pero que emanaba una energía tenebrosa. A partir de ese momento, extraños sucesos comenzaron a ocurrir en el barrio, desapariciones inexplicables, pesadillas recurrentes y una sensación de miedo que se apoderaba de los habitantes.

Katelyn, con la ayuda de su abuela, una mujer sabia y conocedora de las antiguas tradiciones, comenzó a investigar. Su abuela le habló de la leyenda de La Llorona, una mujer condenada a vagar por la tierra buscando a sus hijos perdidos. Sin embargo, Katelyn sentía que había algo más profundo detrás de estos acontecimientos.

Katelyn se sumergió en un mundo desconocido para ella, explorando las antiguas leyendas y tradiciones de su cultura. Descubrió que la energía turbia que emanaba del lago estaba relacionada con un antiguo ritual, un sacrificio humano que se realizaba para apaciguar a las entidades malignas que habitaban las profundidades.

Conforme Katelyn ahondaba en su investigación, comenzó a darse cuenta de que el lago era un reflejo de su propia lucha interna. Había crecido en una familia mexicana, pero cada vez se sentía más estadounidense. Esta dualidad la atormentaba, y el lago se convirtió en una manifestación de su conflicto de identidad. La sombra que veía en el agua era, en realidad, una representación de la parte de ella que quería dejar atrás sus raíces y convertirse completamente en *American*.

Con la ayuda de un grupo de jóvenes valientes, Katelyn decidió enfrentar a la oscuridad. Se prepararon para el ritual, aprendiendo antiguas invocaciones y protecciones. La noche del sacrificio, se reunieron en la orilla del lago, armados con libros y la esperanza de recuperar sus raíces. La niebla se espesó, y un viento gélido comenzó a soplar. De repente, la sombra emergió del agua, más amenazante que nunca.

La batalla fue intensa. Los jóvenes lucharon con todas sus fuerzas, pero la sombra era poderosa. Uno a uno fueron vencidos, hasta que solo quedó Katelyn. Con un último esfuerzo, pronunció la invocación más poderosa que conocía, su nombre. La sombra retrocedió, aterrorizada por la fuerza de la luz y la fe de Catalina, el nombre natal de Katelyn.

Al amanecer, la niebla se disipó, y el lago volvió a su calma habitual. Las tinieblas se habían desvanecido, pero la experiencia había marcado a Catalina para siempre. Había aprendido que el miedo puede ser superado, que la luz puede vencer a la noche, y que la fuerza de la fe puede mover montañas o apaciguar aguas turbulentas. Catalina y Katelyn habían aceptado su coexistencia, entendiendo que podía ser tanto una como la otra sin dejar de ser quienes eran. El lago, que antes había sido fuente de temor, ahora se mostraba en paz, seguía siendo su reflejo, su dualismo, la multiplicidad de sus rostros y sus incesantes resplandores qué, en aquella reflexión, de alguna manera, deseaba cobijarla.

Bernardo Navia

Nació en la ciudad de Chillán, Chile, en 1967. Desde niño ha tenido la oportunidad de vivir y estudiar tanto en diferentes ciudades de su país natal, como en varios países de América y Europa. En 1987 se radicó en Chicago y cursó estudios universitarios en Puerto Rico. En 1991 obtuvo su maestría en español, conferida por la Universidad de Illinois en Chicago (UIC). Y en el año 2002 obtuvo su grado de Doctor en Estudios Hispánicos, en la misma institución, en donde se desempeña actualmente como profesor de español para estudiantes de herencia latina.

Ha publicado cuentos, poemas y ensayos en diversas revistas literarias, antologías y compilaciones (tanto de Estados Unidos, como de Latinoamérica, Europa y Canadá). Del mismo modo, ha publicado cinco libros de poemas, *Doce muertes para una resaca* (Madrid: Betania, 2001); *Viaje en dos jornadas* (Indiana: Palibrio, 2011); *Poemas enojados, mal educados y de los otros* (Chicago: Pandora Lobo Estepario Productions, 2018); y *Amar o DesArmar* (Santiago de Chile: Go Ediciones, 2022); y *99 sonetos* (Santiago de Chile: Boca Budi Books, 2024; y ha publicado tres libros de cuentos, *Sin tregua y otros desórdenes urbanos* (Indiana: Palibrio, 2010), *Sobre destinos, ciudad y Dios* (Chicago: Ars Communis Editorial, 2018) y *Forasteros. Tres narraciones peregrinas* (Santiago de Chile: Go Ediciones, 2021). Actualmente trabaja en la publicación de un libro de ficción, *La otra biblioteca*; un texto destinado a niños y adolescentes cuya fecha de publicación se estima a fines de 2025.

Duelo de sur

a Dahlmann

Lo de los dientes fue después. Bastante después de que Julián se despertara sobresaltado, se vistiera apresuradamente y partiera a su casa. A pesar de la hora, a pesar de los ruegos de Victoria porque se quedara. Se le había hecho tarde en el departamento de su novia y supuso (con razón) al despedirse de ella que las calles estarían casi desiertas. Insistió en no quedarse pensando que sentiría placer en deambular por desiertas avenidas y además le pareció, de algún modo, que aquella era la única forma de sentirse un poco más importante mientras caminara en medio de los imponentes rascacielos del centro de Chicago.

De modo que, mientras le deseaba las buenas noches a Victoria, imaginó el ruido de sus propias pisadas por las solitarias aceras y pensó que esa era la única manera de demostrarles a esas frías y mudas estructuras que él podía caminar entre ellas inmune a sus sombras y geometrías aplastantes.

Al salir del ascensor y antes de abrir la puerta de salida del edificio donde se encontraba el apartamento de Victoria, se estiró las mangas de la camisa por debajo de su campera y pensó que así se preparaba mejor para asumir esa precaución nunca innecesaria, requerida especialmente de noche, para vagar por Jackson Boulevard. De modo que, al salir a la calle, se sintió tal vez un poco más seguro y se dispuso a caminar (con prisa, a su pesar) las pocas cuadras que lo separaban de la *Blue Line Station*. Mientras caminaba corroboró que, efectivamente, en la calle no había nadie y al llegar a la estación solo vio a un vagabundo que dormía sobre uno de los bancos del andén. Sintiendo una vaga sensación de zozobra, encendió un cigarrillo. "Che, no fumés tanto", le estuvo diciendo Victoria antes, durante todo el tiempo que lo cuidó y acompañó cuando Julián estuvo postrado por un problema respiratorio. "Si no fumaras tanto, si te cuidaras más, te alimentaras mejor y no anduvieras tan tarde en las calles por ahí, te sentirías mucho mejor. ¿No te das cuenta, che?".

Julián sonrió al pensar en ella allí. En esa ocasión. Junto a su cama de enfermo. Le hacía gracia recordar el afán tal vez sobreprotector de su novia, al igual que recordar esa resistencia de ella para aceptar, o entender, esa vida suya, que oscilaba entre una sincera bohemia y un atrevido desplante de irresponsabilidad.

Abstraído como estaba en sus pensamientos, no se dio cuenta que el resplandor de la yesca había llamado la atención de otro hombre que estaba en la estación (y a quien Julián no había visto) y que se acercó a pedirle un cigarrillo. "Thank you, bro", le dijo el hombre cuando recibió el tabaco. "No problem", contestó Julián y sonrió para sus adentros porque ahí estaba Victoria otra vez, terca en irse de su lado, en el hospital. "No convidés fasos en un lugar tan solitario, ¿no ves que puede ser peligroso?".

El lento ruido de unos tacones que provenía de las escaleras que comunicaban la estación *Jackson* con las calles, hizo que ambos voltearan la cabeza en esa dirección y vieran que ese ruido correspondía, efectivamente, al de unos tacos de unos zapatos de color rojo que usaba una mujer ("muy blanca y muy gorda", pensó Julián), quien mirando con recelo a ambos hombres, se dirigió a uno de los bancos vacíos del andén y se sentó a esperar la llegada del tren, mientras miraba, también con recelo, en dirección del otro banco, donde dormía el vagabundo.

"Para variar un poco, este tren está atrasado", pensó Julián con ironía, mientras observaba todo a su alrededor. Al dirigir su vista hacia el otro hombre, no solo notó que ya había terminado su cigarrillo, sino que con un ligero sobresalto pensó que extinguía la cola del cigarrillo con movimientos como efectuados en cámara lenta. "Como son los movimientos en los sueños", alcanzó a pensar también. Casi enseguida sacudió la cabeza: "estupideces", se dijo y de inmediato dirigió la mirada hacia el vagabundo que dormía aun sobre el banco en el andén. "¿En qué estará soñando?", se preguntó casi sin querer y rápidamente miró esta vez hacia la mujer gorda, sentada cerca de allí.

"Esta señora ha de moverse como se habrán movido las ballenas sobre la tierra en aquellos tiempos en que aún tenían patas", pensó Julián casi sin querer, y enseguida (y casi sin querer otra vez), como si hubiera sido *otro* el que lo hubiera pensado (le dio un ligero escalofrío este último pensamiento) se preguntó si sería correcto ir y preguntarle a esa señora si le había sido difícil nadar entre los rascacielos ennegrecidos por la noche". "No seas absurdo", se recriminó a sí mismo. "Cómo se te ocurre pensar tantas estupideces. Tal vez sea mejor solo preguntarle por qué cree ella que no hay nadie aquí si siempre hay gente en las calles de Chicago. No importa la hora". Y luego: "No, tampoco. Claro, cómo voy a andar preguntando estupideces. ¿Por qué tardará tanto el metro?".

El hombre del cigarrillo se había puesto detrás de una de las columnas que sostenían al edificio, ("con razón yo no lo había visto cuando llegué", pensó Julián). La señora del banco balanceaba sus cortas piernas mientras, observó Julián, resoplaba de manera sonora por la nariz y miraba alternativamente y con ceño fruncido su reloj, la oscura y desierta boca del túnel por el que debería aparecer el tren, al vagabundo sobre el otro banco, a Julián y su reloj de nuevo.

"A lo mejor Victoria tiene razón. A lo mejor necesito dormir más, fumar menos, hacer ejercicios, qué sé yo". Y como el tren aún no llegaba, se dirigió al otro extremo del andén para encender su segundo cigarrillo. "Con esa fuerza de voluntad vas a llegar muy lejos", le pareció escuchar a Victoria, mientras la chica se inclinaba sobre él para secarle el sudor de la frente afiebrada o para administrarle la medicina en el hospital. Tratando en vano de ocultar con la mano el resplandor de la yesca, aspiró profundamente las volutas azules que nacían del cigarrillo. Julián pensó en el otro hombre, el que le había pedido cigarrillos hacía un momento y que se movía en cámara lenta. Pensó en ir y decirle que no se escondía porque no quisiera convidarle otro cigarrillo. Solo que ese era el último que quedaba en el paquete y no se privaría de él. "Claro que este tipo o no me entendería o no me creería y capaz que se enoja y yo no ando como para andar peleando con nadie, ni mucho menos a esta hora y de noche… Carajo, ¿Por qué tarda tanto el tren?".

Fue cuando avistó los piececitos diminutos de la gorda y la intranquila sombra del hombre del cigarrillo apostado tras la columna, que ha Julián se le ocurrió volver a pensar en lo de las profesiones. Se podría adivinar, con marcado acierto, a qué se dedica o en qué trabaja la gente aquí en Chicago dependiendo de la hora en que aborden el tren. "¿Cómo es eso?", siempre le pregunta Victoria ("a ella le gusta que yo le repita mi teoría. Especialmente mientras me administra la medicina, aclaraba Julián a quien quisiera oírlo). "Pues, mira. Los vagones que van repletos entre siete y nueve de la mañana, corresponderían a estudiantes, profesionales jóvenes (y no tanto): arquitectos, contadores, oficinistas, empleados públicos y privados, qué sé yo. Después están los vagones más vacíos que corren entre diez de la mañana y tres de la tarde...", Julián exhaló el humo del cigarrillo y sonrió al volver a ver a Victoria sentada a los pies de la cama, escuchándolo con atención mientras le ayudaba a sobrellevar los largos embates de la fiebre y de la tos. "Durante ese horario", continuó Julián, "viajarían quienes detestan levantarse temprano, tal vez estudiantes y meseros que atienden el almuerzo de ejecutivos; o tal vez viajen los jubilados que van a pasear al centro o a realizar algún trámite sin importancia pero que al menos les mantenga viva la esperanza de estar aún cumpliendo un papel en la sociedad", explicaba Julián con timbre sereno en el hospital, a pesar de los desvaríos causados por la fiebre. Fue por eso por lo que Victoria había sugerido lo de descansar, de cuidarse más, de tomar unas vacaciones y que se fuera unos días a descansar, al sur. "Este último horario funcionaría también para los trasnochados de siempre, no sé, los bohemios, los desempleados, los vacacionistas, los artistas... ¿me entiendes, Victoria? Piénsalo un poco. Verás que tengo razón. Este país funciona como reloj y nada se sale de su engranaje. Bastaría con que se pusiera atención y ya se tendría en la cabeza el mecánico funcionamiento de sus habitantes. Te lo aseguro. No fallaría", concluyó Julián en medio de un violento espasmo de tos.

Y como estaba tan abstraído repasando su teoría, observó como en sueños que el tren llegaba por fin y que, al abrirse las puertas, la gorda y el hombre del cigarrillo abordaban al mismo tiempo y, también al mismo tiempo y sin mediar palabra entre ellos, iban a sentarse a un mismo asiento en medio del vagón vacío de ese tren nocturno de Chicago.

"En realidad", continuó enfebrecido Julián, "los pasajeros más difíciles de clasificar son los que viajan a esta hora, ¿no? Supongo que serán trasnochadores empedernidos, dependientes de negocios que atienden las 24 horas, insomnes incurables a quienes no les importa pasearse en metro a estas horas de la madrugada, qué sé yo...".

Fue con una sacudida un tanto brusca que realizó el tren que Julián cayó en la cuenta de que Victoria ya se había ido y solo quedaba su propia imagen reflejada en el cristal. Con una sonrisa a sí mismo, pensó: "soy un idiota" y al momento de acomodarse en su asiento y cerrar los ojos y esperar tranquilo el resto del viaje, no pudo evitar oír un resoplido. Algo así como una risita nasal que provenía de los asientos del centro del vagón, ubicados cerca de la puerta de salida. No tuvo necesidad de mirar a los otros ocupantes para suponer que se estarían riendo de él. "Soy un idiota", se repitió Julián. "¿Ves, Victoria? A esto me refiero con lo de mi teoría", alcanzó a pensar Julián casi al mismo tiempo en que intentó convencerse de que *no tenía nada de extraño* el hecho de que un hombre negro se hubiera sentado junto a una mujer blanca, en Chicago, en medio de un vagón vacío, a esa hora de un martes de madrugada. "Supongo que es natural querer hacerse compañía a esta hora y en un tren vacío", pensó o dijo Julián. Y luego: "Tienes razón, Victoria. Es solo un detalle más en la mecánica de esta ciudad. Sí, solo un detalle. Como la bolita de miga que rodó sobre la mesa de Dahlmann, allá en el sur". Y queriendo creer que todo estaba bien, cerró los ojos y entre imágenes de gauchos, Victoria, tos y hospital, sintiendo un repentino cansancio, deseó llegar pronto a su estación.

El roce junto a su zapato fue leve, muy leve, pero absurdamente inquietante. Justo al momento de abrir los ojos, Julián entendió dos cosas: primero, que los ruiditos nasales no habían cesado, sino que ahora además tenían la carraspera típica de las risas contenidas a la fuerza; y, segundo, que deseaba estar durmiendo y que Victoria lo despertara para quitarle los ronquidos y administrarle la medicina. De modo que solo entreabrió los ojos (claro, no iba dejar que los otros pensaran que un rocecito en el zapato lo inquietaba), pero fue lo suficiente como para ver y entender que un roce tan leve como ese podía muy bien corresponder al causado por ese diente tirado sobre el piso del vagón a muy escasos centímetros de su zapato.

Entonces no supo qué fue lo que le inquietó más. Si el haber reconocido casi inmediatamente a un incisivo superior ("un tanto rojizo y húmedo aún", alcanzó a pensar), o el considerar que había hecho mal en abrir los ojos y darse por aludido, puesto que ahora se esperaría una reacción de su parte. "Quieren que haga, que diga algo... Claro, tampoco se trata de solo alzarse e ir a preguntar: "*hmmm, excuse me... who is the owner of this tooth?*" y más encima con el acento que tengo ("practicá, practicá más", me insistes tú, Victoria, siempre"). Fue entonces que sintió el segundo roce de otro diente que llegó hasta sus pies.

"Dios santo. Este también está fresco. La cosa se pone fea", alcanzó a pensar vagamente e imaginó a esos gauchos del sur, en un local de comida, sonriendo con complicidad entre ellos.

Entonces no supo si sudaba frío por el tercer diente que rodaba hasta sus pies, o porque el tren ya se aproximaba a su parada y pronto se detendría. "Inútil huir. Pronto me encontrarían igual. Solo me arrojaron tres dientes y además esta es una muela. No me han dejado opción".

Como en sueños, vio Julián el rostro de Victoria reflejado en algún cristal mientras la pareja se ponía de pie y se ubicaba a ambos lados de las puertas corredizas del vagón. "Me van a dejar pasar a mí primero", pensó Julián con premura. "Eso me daría un par de segundos, el tiempo necesario para esquivar, tal vez, el primer ataque". El tren se detuvo y la pareja, con ademanes mínimos, lo invitó a salir. "Al menos, para el duelo, al hombre del sur le dieron un cuchillo para que se defendiera", alcanzó a pensar Julián y resignado, ausente, con terror se dirigió a la salida.

Fernando Olszanski

Nació en Buenos Aires, Argentina, ha vivido alternativamente en Escocia, Ecuador, Japón y varias ciudades de Estados Unidos. Entre sus libros se encuentran la novela *Rezos de marihuana*, el poemario *Parte del polvo*, la colección de cuentos *Vocesueltas: Cuatro cuentistas de Chicago*, el libro de cuentos *El orden natural de las cosas*; ha preparado las antologías *América Nuestra, una antología de la narrativa española en los Estados Unidos, Trasfondos, una antología de las narrativas españolas del Medio Oeste, Don't Cry for me América, antología de escritores argentinos en Estados Unidos, Ni Bárbaras ni Malinches* y *Féminas, antología de infidelidades escrita por mujeres*. Sus últimos trabajos son los libros de cuentos *Rojo sobre blanco*, y *Grandes lagos vacíos*. Reside en Chicago, Estados Unidos.

Rompecabezas

Quiero ver algo en el cielo plomizo de Chicago. Una señal. Un presagio. Se acerca la noche y los brillos de las luces de la ciudad se reflejan en las nubes bajas. Pero ese reflejo gris azulado no muestra más que una superficie sin forma, sin nociones de que haya un cielo con estrellas incipientes por encima de esa cúpula impermeable que cubre todo. Prefiero mirar por la ventana de manera horizontal. Los edificios del *downtown*, las luces y contornos que hacen del *skyline* de la ciudad una de las mejores vistas urbanas del mundo. Escucho también los rumores citadinos que llegan cansados desde el exterior. El tráfico, algún claxon, una sirena de ambulancia a lo lejos que se dirige desbocada hacia el hospital, hasta este hospital, desde donde he creado mi centro del mundo por un diminuto espacio de tiempo. Piso 8, habitación 814. Desde aquí vislumbro el exterior que se desnuda y me habla con su clima, con sus sonidos, con sus urgencias. Giro la cabeza y te descubro rendida en la cama. Con tubos que te recorren, con fluidos que llevan medicinas, sacan toxinas, y te dejan vivir un poco más. Madre, no sé si voy a poder hablarte otra vez y tengo tantas preguntas, tantas dudas, que incluso eso me dice que el silencio quizás sea lo mejor.

Dos enfermeras entran a la habitación y me piden que las deje a solas con la paciente. Es mi madre, no una paciente, pienso mientras las miro a la cara y esperan, con una mueca convincente cordialidad fingida. Asiento con la cabeza y me retiro al pasillo. Siento ganas de caminar, de gastar los zapatos contra las veredas de la ciudad, dejarme absorber por el neón, por los vapores de las entrañas del cemento, por la multitud ignota de mis cavilaciones. Quisiera fumar. Quisiera tener esa calma ficticia que los fumadores empedernidos dicen que los cigarrillos brindan. Pero yo no fumo, apenas masco chicles para adormecer la ansiedad. Espero. Las enfermeras salen de la habitación con sus sonrisas de catálogo. Me dicen que ya puedo entrar, pero la enfermera de mayor edad se detiene y me llama por mi primer nombre. Su mano tiene un gesto de calidez y me toca gentilmente el brazo, me recuerda que la administración necesita esos papeles del seguro médico. Asiento con obediencia mientras la miro a los ojos. Ella me sostiene la mirada por unos segundos y me palmea el brazo. *Keep yourself strong*, me dice al irse. *Keep myself strong*, repito para mis adentros.

Vuelvo a la habitación y de reojo miro el portafolios que contiene los papeles que la enfermera pidió. No, no me olvidé que estaban allí, no quise dárselos en ese momento. Es que hay otra cosa más importante primero. Otro documento que sobresale por su contenido, por el celo de años que han encerrado esos papeles. No, no son más importantes que aquellos que atienden tu salud, madre, sino que esos papeles deberían ser explicados por ti. Deberías explicarme por qué el cadáver de mi padre aún permanece a la intemperie.

Aquella noche lo vi en tu cara. Había algo que querías decirme pero no sabías cómo. Me quedé esperando que hablaras, pero me mandaste a dormir en silencio, con apenas un arroz con leche que te quedaba en el refrigerador. No tenías ganas de cocinar. A la mañana siguiente, mientras miraba tus ojos vacíos por el llanto y el desvelo, me dijiste que mi padre, tu marido, había muerto en un accidente aéreo en Alaska. Vagamente me explicaste de su trabajo en las exploraciones petrolíferas que se hacían en la región. Que el área tenía mal clima y terreno escarpado, que sería difícil que alguien sobreviviera a uno de esos accidentes. Madre, que no encontraron el avión desaparecido. Probablemente atrapado bajo una avalancha, o dentro de un glaciar, o quizás en el océano ártico. Quise preguntarte: ¿Qué es un glaciar? Pero no me atreví.

Treinta años han pasado desde aquel día, madre, nunca me contaste por qué nos mudamos a una casa más grande en un mejor barrio, y cómo pudiste enviarme a la mejor escuela privada de la ciudad. Madre, tampoco me contaste cómo hiciste para pagar la universidad más cara de la región. Es cierto, la Universidad de Chicago es de un prestigio incomparable, pero cualquier universidad me hubiese dado las mismas posibilidades por menos dinero. Toda la carrera universitaria hasta el doctorado, con todos los gastos pagados al contado. Madre, ¿cómo pudiste hacer eso si nunca trabajaste? ¿Fue la pensión de mi padre? Imposible, esas cosas no se pueden lograr con tan escaso dinero. Tu respuesta siempre había sido que mi padre pagaba las cuentas desde el cielo.

Madre, quisiera contarte que encontraron a papá. Entre las cartas que recibiste en el correo, el gobierno de Alaska te ha enviado un documento diciendo que han encontrado los restos del avión en el que papá falleció. Que estaba cubierto de nieve y las temperaturas altas de verano y del calentamiento global lo han dejado expuesto. Que no pueden acceder fácilmente pero que un rescate de los cuerpos es posible. Allí han encontrado a los tres tripulantes de la aeronave. El piloto y los dos acompañantes. Uno de ellos es mi padre. Pero madre, ¿por qué nunca hiciste nada para recuperarlo? Nada…

Madre, he tenido que acceder a tu cuenta bancaria según las instrucciones que me dejaste cuando empezabas a sentirte mal. Cuando la diabetes empezó a dejarte sin visión. No lo había hecho hasta ahora, ni siquiera cuando me hiciste registrar la firma en ese estudio de abogados haciéndome heredero que todos tus bienes. ¿Qué bienes?, te pregunté. La casa y algunas otras cosas, dijiste sin importancia y sin querer seguir la conversación. Madre, tienes más de dos millones de dólares en el banco, esas son tus "otras cosas". Madre, ¿de dónde carajo proviene esa fortuna?

El gobierno de Alaska dice que a pesar de que renunciaste a la recuperación del cuerpo de mi padre, el contrato ha expirado hace varios años. Que la compañía para la cual mi padre trabajaba ya no existe. La Cruz Roja, la Guardia Nacional de Alaska y el gobierno se pueden encargar de los gastos y el rescate de los cuerpos. Pero debes contestar pronto, el buen clima no es garantía de que dure mucho tiempo en aquella zona. ¿Renunciaste a recuperar el cuerpo de mi padre? ¿Por qué? ¿Crees que mi padre hubiese renunciado a recuperar tu cuerpo? ¿Hubieses renunciado a recuperar el mío, por dinero? ¡Contéstame, madre! Contesta… Por favor. El doctor Preston me informa de tu última evaluación. No es muy alentadora. La diabetes ha hecho estragos en tu cuerpo. Las diálisis ya no surten efecto. Los riñones dejarán de funcionar en cualquier momento. El resto de los órganos empezarán a fallar pronto. Vi en el rostro del doctor lo que quería decirme. No hizo falta. Cuánto tiempo, pregunté. Dos días, quizás tres. ¿Va a despertar en algún momento? No, fue su respuesta lapidaria. Han empezado a inyectarte morfina. Sé que eso es solo para mantenerte dormida y que no sufras de dolores. Las enfermeras me preguntan si pasaré la noche en el hospital. Pienso unos segundos. Les digo que no, que ya recuerdo dónde están los papeles del seguro médico, que los traeré en la mañana. Miento. Son otros papeles los que quiero buscar. No sé cuáles, pero necesito encontrar algo.

—*We' ll call you if anything happens* —me dice la enfermera de más edad. *If anything happens*, pienso.

Entro a tu casa. Crecí en esa casa, desde los ocho años hasta que empecé el *college*, pero de repente me parece extraña. Enciendo las luces. Los espacios toman forma de a poco, como si ellos también debieran adaptarse a la luz. Sé que tu cuarto está a la derecha de la casa. Ya lo he revisado un par de veces. No hay más dónde buscar. Miro mi cuarto, mi antiguo cuarto, a la izquierda de la casa, pero no creo que estén allí. Busco papeles viejos. Sé que guardas todo, madre, en algún lado tienen que estar. Deben estar en el *basement*. Tienes un par de baúles cubiertos de polvo, siempre fuiste muy celosa de tus cosas "personales".

En el primer baúl encuentro cosas tuyas, cosas de cuando eras joven, de cuando recién te casaste, de cuando yo era niño. Encuentro una foto de nosotros tres. No he visto muchas fotos de la familia completa. Sí en cambio fotos separadas de mi padre, de los abuelos, de los tíos y de mis primos; gente que no conozco y que viven en un país extraño. Estudio las fotos durante algunos segundos, me doy cuenta que no reconozco a mi padre. Me doy cuenta que he olvidado su rostro, y siento algo inexplicable en el pecho. Devuelvo la foto al baúl y me dirijo al otro. Uno más pequeño, pero más polvoriento que el anterior. Lo abro y veo que tiene muchos papeles. Necesito más luz para poder leerlo, subo a la sala. Sacudo el polvo acumulado y no puedo evitar estornudar. No es pesado, pero todo el proceso se hace incómodo, molesto. Dejo el pequeño baúl en la mesa y voy a prepararme café, será una noche muy larga.

El sol se asoma a lo largo del lago Michigan. La luz invade apenas la ciudad, las calles y tímidamente penetra por las ventanas; el café ha estado frío por horas. Me doy cuenta de que el teléfono tiene dos mensajes. Ambos son del hospital. If anything happens, recuerdo la voz de la enfermera.

Me informan que tu cuerpo se encuentra en la morgue. Voy tan rápido como puedo. Camino hasta los subsuelos del hospital y el ambiente se vuelve algo más frígido. De repente tengo escalofríos. Me quedo inmóvil ante el cartel de depósito de cadáveres. Busco un asiento en la sala deshabitada. Al otro lado yace tu cuerpo inerte. En Alaska, el cuerpo de mi padre descansa a la intemperie. Dos cuerpos separados por varias décadas. Dos cuerpos a los cuales pertenezco. ¿También ellos tendrán escalofríos? Ya sé por qué nunca reclamaste el cuerpo de mi padre. He visto el contrato de la compañía ofreciéndote mucho dinero para que no reclames el cuerpo. Para que te quedaras callada. Un contrato con muchos ceros. Tal vez esperabas que yo lo hiciera por ti, después de reclamar el tuyo. Ahora que estás en silencio absoluto tu secreto habla a gritos. Quizás es hora de armar mi propio rompecabezas.

Ese que invita a juntar piezas inconclusas que hoy se muestran por primera vez. Tengo dos cuerpos y un pasado lleno de agujeros para reclamar, y aún no sé por dónde empezar.

Julio Rangel

Escritor mexicano, reside en Chicago desde el 2000. En México editó la sección cultural del diario independiente *El ciudadano potosino*. Sus ensayos han aparecido en diversas revistas y antologías. Fue miembro del grupo fundador de la revista Contratiempo en 2003. Ha publicado ensayos sobre artes plásticas en los libros *Marcos Raya: Fetishizing the Imaginary* y *René Arceo: Between the Instinctive and the Rational*. Aparece en la antología de poesía *La densidad del aire*, publicado por la UNAM en 1999 en su colección El ala del tigre. En 2025 apareció su libro *El blues de la línea roja*, del cual están tomados los fragmentos aquí publicados.

SUBIDOS A LOS ANCHOS HOMBROS | Antología de narrativa en español de Chicago

Divagaciones de un pasajero

Estación Chicago, *downtown*. Hay un hombre con paraguas a la salida de la línea roja, que mira absorto el aire gris. Un mendigo en silla de ruedas intenta trabajosamente ponerse un guante mientras maldice con gruñidos. Una mujer fuma distraída, guarecida de la fina llovizna bajo el *shelter* del autobús 66. Ayer salí, como cada día, de la misma estación y crucé las mismas calles para llegar a mi trabajo. Las personas tienen una vaga familiaridad, algunas son las mismas, como el hombre africano que, ataviado en su indumentaria tradicional, vende guantes, sombreros y bufandas en un tenderete que desarma al final del día.

El callejón sin salida de la rutina atenaza al trabajador como una intuición para la que no siempre tiene palabras. A menudo es esta la melancolía del trabajador citadino: se sabe el hámster en la rueda, sin agencia para romper el ciclo maniático. Esta noción implica una oscura fuerza externa, el científico que observa los trabajos del roedor en el laberinto. En la mitología clásica los dioses intervenían en la vida de la gente, conducían a los mortales a la gloria o al desastre, Eolo jugaba caprichosamente con la barca de Eneas hasta llevarla al naufragio. En una era laica, esa fuerza que domeña los afanes de los mortales se ha trasladado a los

107

brazos del Estado y a la omnipresencia del sistema económico: la carrera insalvable por la sobrevivencia. Pero a nivel de calle la idea de una coreografía recurrente, la sospecha de haber caído en un rizo espaciotemporal como en *Groundhog Day* —aquella película donde el mismo día se repite una y otra vez— tarde o temprano se abre paso en la imaginación de dicho trabajador; en la mecánica repetición de los mismos gestos en los mismos espacios se perfila un *déjà vu* metafísico, la sospecha de un montaje, como en otra película norteamericana, *The Truman Show*.

Pero en *Groundhog Day* la trampa en la que el personaje ha caído, la jornada que se repite desquiciante, ese *glitch* temporal que lo aprisiona es un mecanismo narrativo para introducir una moraleja, para conducir al héroe a un descubrimiento de sí mismo. En la repetición exasperante de la misma jornada (que alude a la predictibilidad de la vida en una ciudad pequeña, la rutina como una fuerza inescapable), el cínico reportero televisivo que ha llegado al pueblo a cubrir la ceremonia del Día de la Marmota —esa reliquia de la América agraria hoy convertida en espectáculo pintoresco— abre paulatinamente la rendija a una conciencia de sus propios gestos y actitudes, y en ese ejercicio consigue escapar del solipsismo arrogante para mirar por fin a las personas a su alrededor.

En *The Truman Show* el personaje principal vive también su periplo hacia la emancipación de una rutina sin fisuras, en este caso la sonriente escenografía del sueño americano donde Truman vive contento, sin sospechar que la suya es, literalmente, una realidad de utilería, un montaje donde él es actor involuntario de un espectáculo transmitido por video. Además de su inmediata lectura política —el comentario a una sociedad que hace de la cotidianidad un espectáculo de consumo voyeur, la falacia del libre albedrío bajo cartabones sociales preestablecidos, o incluso la ilusión de la burbuja suburbial americana, blanca—, *The Truman Show* hace eco a una inquietud filosófica, una incomodidad ontológica que sospecha de la veracidad y solidez de la realidad, tema también explotado por la cultura pop, mayormente en el género de la ciencia ficción. Pero, al crear un hábitat artificial para su personaje en beneficio de una mirada externa, Truman remite sobre todo al animal en el zoológico. Por debajo de todo yace la tristeza de la bestia en cautiverio.

Mi trayecto de la estación de la línea roja al lugar de trabajo está sembrado de personas y gestos recurrentes, como el empleado mexicano que sale del McDonald's a regar la banqueta con una manguera a presión, en un ejercicio que me parece tan inútil como le debe parecer a él, sobre todo en un día lluvioso.

Allí está como cada día el cocinero que labora en The Clare, una afluente casa de retiro para jubilados, *baby boomers* que se resisten a los asilos de ancianos de antaño y demandan una vida en medio del fragor del centro, cerca de teatros, tiendas y restaurantes. El cocinero, un hombre blanco de mediana edad, sale cada día a fumarse un cigarrillo por el portal trasero de descarga donde los camiones traen legumbres, víveres para la diaria cocción. Enfundado en su mandil fuma tranquilo con un pie apoyado en la pared. Como ayer y anteayer. Juraría que un asistente lo alerta de mi proximidad, termina de arreglarse el vestuario y cuando el asistente hace con la mano un ademán que solo puede significar "go", el hombre, ya poseído por el personaje, sale muy a tiempo a disfrutar su *cigarete break* mientras me ve pasar.

Noción un tanto preocupante, ¿cómo pues desvelar los engranajes de esta puesta en escena? Una ráfaga de viento, un obús que viene del lago vuelve entonces mi paraguas del revés, como un argumento burlón del azar.

*

Una mañana temprano, bajo de la línea rosa con tiempo para cubrir una asignación periodística. La línea rosa cubre el óvalo del Loop en el centro para hundirse después al oeste por los barrios mexicanos de Pilsen y La Villita, hasta parar en el suburbio de Cicero.

Al bajar en Kedzie camino bajo un sol placentero, mirando la arquitectura que los migrantes de Europa del Este dejaron regada por toda la ciudad a finales del siglo XIX y principios del XX, testimonio de aquel flujo migratorio con sus nostalgias palaciegas por la Europa que habían dejado atrás. Casas con modesto señorío y cierta pompa balcánica. En algunos barrios del norte esos edificios mantienen su elegancia, pero hacia el sur solo dan testimonio de una huida; los descendientes de lituanos y polacos dejaron atrás estos melancólicos vestigios hoy enmohecidos, descuidados por los caseros conforme sus inquilinos dejaron de ser blancos: torretas y balcones casi desfondados, estructuras ruinosas cuya reparación sería más cara que su desmantelamiento.

Solo rostros afroamericanos asoman de las casas y solo afroamericanos caminan por la calle.

Al llegar a la esquina de Ogden y Kedzie confirmo mi sospecha: he avanzado en sentido contrario, y en vez de caminar hacia el sur, hacia La Villita (South Lawndale), caminé hacia el norte, al barrio afroamericano de North Lawndale. La avenida Cermak, frontera que demarca ambos territorios, ha quedado a mis espaldas. En esa amplia intersección me detengo de pronto frente a un espléndido edificio. Como un espejismo surgido de otra era, la suntuosa fachada de ladrillo rojo con una buhardilla de ornamentaciones neoclásicas aparece rodeada de construcciones achaparradas, bajo el azul vibrante de un cielo abierto. Cruzo la avenida hasta el camellón para observar más atentamente. Douglas Park Auditorium, leo en la inscripción labrada en piedra.

Más tarde, cuando la línea rosa me lleve de vuelta, en el buscador del teléfono encontraré detalles de este edificio. Alguna vez base de operaciones de la comunidad judía de principios del siglo XX, con una fuerte militancia de izquierda, su interior atestiguó los turbulentos años de activismo sindical, cuando se defendían a sangre y fuego las conquistas laborales. Versiones discrepan sobre el año de su construcción: a finales de la década de 1880, o 1910, o 1911. Hoy es habilitado como una iglesia apostólica.

Capturo la fachada con la cámara de mi teléfono. El aristocrático inmueble aparecerá en mi página de Facebook enmarcado, a la izquierda, por un garaje de madera despostillada con una franja de metal oxidado en la parte superior que alguna vez anunció un negocio, y a la derecha, el espacio abierto de la avenida. En la parte superior, el cobalto encendido del cielo.

Doy vuelta y regreso a toda prisa para llegar a tiempo a mi cita. Debo entrevistar a los directores de Chicago Workers Collaborative, cuyos miembros latinos llaman "La Colaborativa".

Se trata de una organización que aboga por los derechos de los trabajadores, especialmente quienes se desempeñan como temporales y laboran por medio de agencias de empleo.

Pasada la avenida Cermak, la música de banda que escapa de los autos y el olor de las taquerías entretejen la confirmación sensorial de un espacio que conozco: ahora sí estoy en La Villita. A pocas cuadras de allí se encuentra el sótano de la iglesia evangélica donde la organización tiene su sede, y poco después estoy sentado en una mesa con Isaura Martínez, organizadora de la Colaborativa, y con Tim Bell, director ejecutivo.

Los escucho mencionar los problemas más frecuentes de los trabajadores temporales: el robo de salarios y los accidentes en el trabajo, las represalias de patrones. Una dinámica de poder en la que el trabajador indocumentado queda a merced de cualquier decisión del contratante, siempre sujeto al chantaje. El robo de salarios se da por medio de absurdos descuentos en la paga de los trabajadores. Esto pone en evidencia su desprotección, el escaso poder de negociación de quien teme ser denunciado a las autoridades migratorias. Pone también en evidencia la falta de información de sus derechos. Miles de personas que viven al día, Isaura me dice, no se permiten asistir a organizaciones como esta, porque eso implica perder un día de trabajo.

La conversación se extiende y al final pido hablar con algún beneficiario de esta agrupación. Me dan el teléfono de E. Z. Más tarde, desde mi escritorio marco el número. La voz surge de inmediato en el auricular.

Z. se lastimó en el trabajo. Una línea de ensamblaje en la fábrica de dulces se le vino encima y la tiró contra una mesa de metal.

—Me lastimé hasta la columna— dice la voz— con la fuerza que venía se me rompió el brazo, tuve una fractura del hueso en donde pega el hombro y se me rompieron los tendones. Es originaria de México, tiene 64 años. Vive sola. La Colaborativa le asignó un abogado, que ha estado luchando para que se le retribuya el pago por el tiempo que ha pasado incapacitada: el accidente sucedió por negligencia de la empresa. La empresa se niega. Cuenta Z. que recién tuvo una cirugía del brazo, pero aún necesita una cirugía de la columna. Es una operación riesgosa. Dada su edad, los médicos la desaconsejan. Cuelgo el teléfono y salgo a caminar. Largo rato me acompaña la voz. "Ellos quieren producción, a ellos no les importa lo que a una le pase".

*

El transporte público no es un lugar diseñado para propiciar el apego o el confort, no sigue los lineamientos del diseño de una morada. Nadie se pone en verdad "cómodo" al tomar asiento en el tren o en el bus, aun cuando varias personas, hombres por lo general, tienden a sentar territorio con los gestos de un lenguaje corporal expansivo, las piernas abiertas en compás aún a riesgo de comprimir al vecino de asiento, el brazo extendido sobre el respaldo contiguo cuando este está desocupado. Pero, por muy abstraída que esté una persona, es difícil que pierda por completo el sentido de su entorno.

El universo afectivo que contiene una morada, ese lugar donde el individuo se distiende y los objetos forman el mapa sentimental que lo reafirma en un relato biográfico, tiene su contraparte en el espacio impersonal y abierto que representa el tren. A veces, cuando un *homeless* toma posesión de una hilera de asientos para dormir, la noción de un vagón-alcoba subvierte las funciones típicas de un medio de transporte. Con una mochila como almohada y una chamarra como manta, el *homeless* se cubre el rostro y se entrega al sueño. Pero en modo alguno podría el vagón suplir a la cálida matriz protectora de una casa. En Howard, en el límite norte de la línea roja, los *homeless* son los últimos en salir de los vagones a la plataforma donde se transborda a las líneas amarilla y púrpura que van a los suburbios. Salen del tren aún medio dormidos, las barbas enmarañadas, las facciones endurecidas e hinchadas, arrastran los pies pesadamente mientras se ajustan los pantalones. Un empleado de la CTA recorre cada vagón para asegurarse de que no queda nadie a bordo. A menudo, alguien permanece hundido en un sueño pesado como un ancla y entran a despertarlo, dan palmadas, gritan, golpean el cristal con las llaves, hasta que el hombre se levanta en un estupor espeso y sale con lentitud al andén. "*Yo! Yo! get off the train*" ladra un empleado de la CTA a un hombre que no puede salir de su sueño profundo. Un guarda de vigilancia viene y con una voz más suave se dirige al *homeless*, que poco a poco recobra su aplomo: "*Let's go, brother*". El hombre, un afroamericano de cuerpo magro y encorvado, arrastra los pies con lentitud. En la plataforma revisa un cesto de basura, hunde el brazo para sacar de allí una caja de Hostess y la sacude para asegurarse de que no haya quedado dentro un trozo de *cinnamon roll*. Sube las escaleras y cruza al otro lado del andén para abordar el tren que comienza su ruta en sentido contrario.

El *homeless* vive una intemperie forzada y violenta, no tiene la concreción de un espacio que lo albergue a él y a sus recuerdos, esa constelación afectiva de objetos con que una persona toma posesión —simbólica, no real, pues el mercado de bienes raíces es la fuerza que condiciona su estadía— de un espacio que llama hogar.

En *La poética del espacio*, Gastón Bachelard enumera las virtudes principales de una morada: la casa alberga el acto del ensueño, la casa protege al que sueña, la casa le permite a uno soñar en paz. Habla Bachelard en su ensayo de lo que él denomina *la función del habitar* y explora las resonancias primigenias implícitas en este modo de ocupar un espacio, a saber: el gozo animal de replegarse en una madriguera; el acto fundamental de arrebujarse en un hueco; el juego infantil de construirse una casa donde echar a volar la imaginación. Roland Barthes habla también de ese deleite de la finitud que propone el espacio cerrado, visible en la pasión de los niños por las cabañas y las tiendas: "envolverse a sí mismo dentro de algo, ese es el sueño existencial de la infancia".

La casa, que nos resguarda de las contingencias del tiempo, ofrece no solo un sentido de continuidad y permanencia, sino que, según Bachelard, al fomentar el vínculo entre sueño e imaginación nos permite invocar el espacio inefable de la casa de la infancia. Sin casa, afirma, el individuo sería un ser disperso. Esa casa arquetípica que Bachelard recorre desde el sótano hasta el ático —o, digámoslo así, desde la penumbra telúrica del inconsciente hasta la amplitud aérea de la conciencia—, ese espacio de resonancias cósmicas tiene sus raíces firmes en la tierra. El vagón-alcoba no tiene raíces, el *homeless* es un ser disperso.

Este 'ser disperso' es también, en una cultura que idealiza y busca la velocidad, el ser ralentizado por excelencia. La velocidad es atributo de las especies depredadoras. A falta de un lugar donde desplegar sus pertenencias, donde afincar ese relato espacial que llamamos hogar, el *homeless* arrastra consigo a donde quiera que va sus maletas voluminosas y sus abultadas bolsas de plástico. Por la calle se lo ve arrastrando la gastada Samsonite, la mochila al hombro, o un desvencijado carrito de compra repleto de bolsas negras: jorobas y lastres que parecen anclarlo en un limbo de estupor. Ajeno al vertiginoso desplazamiento de los jóvenes profesionistas, construye un lento mapa de supervivencia (despensas, comedores de beneficencia, y ya de noche el albergue o los cartones sobre la banqueta) en una geografía urbana paralela. Mirémoslo allí, sentado en una mesa de la biblioteca pública, guareciéndose del frío y distrayendo las horas que faltan para que el albergue abra las puertas. Vayamos al baño y lo encontraremos aseándose o incluso lavando sus calcetas para después exponerlas al secador de manos. Las briznas de barba y bigote nos hablan de su paso por el lavabo.

Las personas con automóvil, mientras tanto, abren una extensión de su espacio doméstico en el vehículo donde desperdigan objetos de uso cotidiano y cuelgan amuletos del espejo retrovisor, construyen una esfera personal que les permite consumir el espacio que media entre casa y trabajo con la seguridad de quien lleva el timón y traza su propia ruta. Anteponen una coraza espaciosa entre su cuerpo y el mundo. Ningún extraño irrumpe en ese espacio, y quien conduce decide qué música escuchar, se pone al tanto de las noticias, mastica su apresurado desayuno, revisa y corrige su maquillaje.

En el espacio compartido del tren, el viaje es predecible en su dirección, pero abierto al azar de las interacciones. El pasajero busca atomizar su espacio con audífonos y cacharros electrónicos, sellarlo de interacciones que pueden ser complicadas: algún mendigo te dice que no ha comido en dos días, o un chico blanco clasemediero te dice que sus padres lo echaron de casa porque ha salido del closet como *trans* y ahora duerme en un albergue, ¿tendrías algún dólar que te sobre?

Martha Cecilia Rivera

Escritora colombiano-estadounidense nacida en Bogotá, Colombia, vive en La Ciudad de los Vientos, Chicago, EE. UU. En 2014 publicó la primera novela en español escrita en esa ciudad, *Fantasmas para noches largas (Fundación Común Presencia, 2014)*. En 2015 fue seleccionada para la apertura del festival internacional de poesía "Solidaridad con Juárez" con su poema "Peldaños de Brecht". En 2019 recibió el Segundo Premio de North Texas Book Festival con su novela *La fatalidad de la gallina* (Ars Comunis Editorial, 2018). En 2024 publicó *El libro de las ironías* (Común Presencia Editores, 2024), colección de microrrelatos también disponibles en minivídeos en su página de Facebook www.marthaceciliarivera.ministories.microrrelatos. De próxima aparición se encuentran sus novelas *Trilogía de Chicago* (estimado 2025) y *El portero* (estimado 2026). Actualmente trabaja en su nueva novela *Juguemos a las voces* y en una segunda colección de microrrelatos y minivídeos.

Trilogía de Chicago

(Fragmento Parte 3)

Hoy el agua embiste. Se acerca en silencio y exhibe un reborde de espumas blancuzcas, minúsculas, como inofensivas, y efímeras, frágiles en todo caso, dispersas por acá y por allá igual que salpicaduras y sin embargo firmes, engañosas. Es muy joven, infante que juega. Se mueve desde allá hasta aquí con un cierto ritmo de vida que apenas comienza, flor que se asoma desde su capullo y enseguida de nuevo se encapsula, o ave que solo insinúa el pico desde adentro del cascarón a través de un agujero mínimo. Se detiene, indecisa. Parece tener la intención de quedarse para siempre suspendida y quizás transformarse en solo un reflejo de cielo, o en un espejo de hielo, cambia de idea y se devuelve un poco, veleidosa. Multiplica sus espumas, y las agrupa, avanza de nuevo esta vez por un breve tiempo a saltos pequeños, ya es adolescente que no sabe ni quién es ni qué es lo que quiere y sin embargo tiene toda la fortaleza de quien comienza a andar y sueña. Vuelve a quedarse quieta. Ha madurado un poco, quizás, y ahora alinea sus espumas de una forma distinta, danza durante un instante con un ritmo sostenido, intencional, como con un objetivo, se deshace aquí pero se fortalece allá, reagrupa algunas espumas y abandona algunas otras, parece haber perdido la dirección o tener la intención de devolverse. Entretiene, distrae, subyuga. De repente arremete con una velocidad inexplicable, violenta, iracunda, choca contra el murallón bajo de concreto que tiene función de playa, por la anchura, y se alza en una multitud de columnas, lanzas enhiestas, desafía las leyes de la atracción gravitatoria y consigue avanzar hacia arriba por varias yardas, cortina, cascada inversa, se empeña todavía un poco más y hasta parece que sonsaca desde adentro de sí misma algún aliento adicional y gracias a él se empina en dirección al firmamento, osada. Al final acepta su derrota y se desparrama en el concreto, vieja ya, sin fuerza ya, y sin embargo ya para toda la posteridad magnífica, su momento de brillar erguida y desafiante frente al cielo sí ha ocurrido y ya nada podrá quitárselo.

Él no deja de mirarla de un modo fijo.

Hipnotizado.

Cautivo, después de todo se trata del agua del lago Michigan.

Está inmóvil en su silla única, esa que yo he llamado trono Heineken, con la misma inmovilidad que repite cada vez que termina una de sus aventuras quiméricas, y antes de la siguiente. Se prolonga por meses y meses, su inmovilidad estoica. Yo, sé muy bien qué es lo que ya viene cuando al final la abandona. Y sí, viene. Eso que yo sé que ya va a suceder, hoy también sucede. De un momento para otro, él se acerca a la ventana de un salto y me lanza una de sus miradas oblicuas, rápida, disimulada, mirada de quien no quiere revelar que sí, que mira. Grita que después de la humana, el agua es la más veleidosa de todas las féminas que concibió la madre naturaleza y emite una risita.

Insistente.

Cacofónica.

Enseguida disminuye un poco el tono de la voz y dice que la luna ocupa el tercer lugar de veleidad después de las reinas que son las mujeres y de la virreina, el agua. Me mira otra vez como desde una esquina. Que tan veleidosa es el agua, su tono de voz desciende todavía más y ahora murmura, casi, que es femenina y sin embargo es un él y no una ella, se dice el agua y no la agua.

Él piensa que ese tipo de pensamientos son los pensamientos de un sabio, parece que siempre lo ha creído así pero a mí no me interesa el tema. Me interesa más, un millón de veces más, su salto desde su silla.

Agravio.

También augurio.

Agravio porque yo no puedo ya dar ningún salto por culpa suya, herida que todavía sangra aunque ahora de una manera lenta, se ha hecho con el tiempo macilenta, y silenciosa, cada vez más infecta.

Augurio además, ese salto, pregona que mi propio remate ya llega, que viene ya, y que ya es inevitable, que no hay fuerza física ya, ni moral ni cognitiva ni cósmica que lo detenga, se ha acabado lo que se acabó y dentro de muy poco ya no tendré existencia. Transforma, su salto, mi alféizar en un altar de abulia, efigie viva. Ya ninguna pretensión me queda. Tan solo puedo estarme aquí para todo el resto de mi tiempo, aunque ya sea muy poco el que me resta. Mi tiempo de este instante, y el del siguiente, es mi tiempo final, y es un tiempo sin ninguna clase de movimientos.

Ya no puedo moverme.

Ya no hoy.

Ya nunca.

Todavía hace unos días que conseguí arrastrarme a lo largo de mi alféizar con esfuerzo fanático. Despacio. En silencio. Retuve con empeño mis maullidos de dolor para no dar lugar a la lástima, y logré llegar al otro extremo de mi alféizar, moribundo, casi, aunque moribundo he estado desde hace ya algún tiempo.

Agonizo. Mi estado es letárgico. La sangre entre mis arterias avanza con ritmo de infantería vencida y mustia, un tropiezo aquí, una interrupción después, un estancamiento, una nueva renuncia.

Desiste.

Se entrega.

Se queda quieta, y, de pronto, cuando ya los ojos se me nublan y el oxígeno se me congela, intenta un avance corto, se empuja un poco adentro de su propio cauce y al cabo de nuevo se queda quieta. Sangre que remeda al agua del lago Michigan en una de esas mañanas de inmovilidad perfecta, de esas cuando se rehúsa a fluir, amanece con el capricho de quedarse quieta y se convierte en un espejo que no refleja, no es lo que debe ser y de esa manera no permite que quienes vivimos en Chicago seamos lo que somos, tampoco.

José (Bono) Rovirosa

1960. Poeta y autor, oriundo de Blue Island, IL., de padres inmigrantes. Es criado en la CDMX (1969-1979) y regresa a Chicago en octubre de 1979. Su trabajo fijo y de toda su vida —"la constante que ha mantenido mi sensatez"— ha sido escribir. He recites in English & Spanish. Ha publicado en cada década de su vida. Sus dos más recientes publicaciones fueron, primero en la antología de microrrelatos *Con la urgencia del instante*, y segundo, en la antología *Caracoleando, verano 2024, poesía de los talleres de Caracol*, editado por Miguel Marzana y Georgina Valverde. Fue uno de los poetas de Chicago invitado al Festival Internacional Poesía en abril 2024 de Chicago, auspiciado en parte por la revista literaria Contratiempo. Dice que él escribe poesía para ser recitada en voz alta ante un público. Actualmente reside con su esposa e hijo en Brookfield, IL, y es docente de educación media en Lyons, IL.

Welcome to our world

El grupo estaba a punto de empezar su presentación cuando entró el director. Mis alumnos de educación bilingüe de quinto año de una escuela pública en Chicago estaban ansiosos de empezar en sus grupos preparándose para sus presentaciones. Dándonos la mano le dije en voz alta, "Mr. Johnson, gracias por venir. Le he dicho a la clase que le había invitado y están ansiosos de enseñarle lo que han conseguido". Se hizo un silencio absoluto en el aula y todos los alumnos se volvieron hacia el director Johnson.

"Gracias por invitarme, maestro Ramírez. Yo también estoy deseando ver las presentaciones que han hecho sus alumnos. ¿Puede alguien explicarme de qué se trata todo esto?", preguntó al grupo en general.

Todos levantaron la mano. Johnson se volvió hacia mí y sonrió. Miró a toda la clase y luego señaló a Amalia, que era la que estaba más cerca.

"Vamos a presentar una obra de teatro escrita por nosotros. Esta semana hemos elegido el tema, la frontera".

"Genial, suena prometedor. Déjame sentarme aquí con el maestro Ramírez". Se acercó a la mesa redonda donde yo estaba sentado y se sentó en la silla de al lado.

Yo tenía un portapapeles con la lista de clase, rúbricas de calificación y un lápiz.

"Bien", dije, "ya hemos sorteado y tenemos el orden de nuestras presentaciones. Primer grupo, ¿están listos? Los demás sentados". Todos los pupitres de los alumnos fueron empujados contra la pared del fondo y el resto de los alumnos empezaron a sentarse en el suelo.

"Permítanme recordar a la clase que hay una calificación como público. Seamos respetuosos y no hablemos durante las presentaciones. Juanita, ¿está listo tu grupo?". Juanita asintió con la cabeza, su grupo estaba tomando su lugar frente del salón.

Tres niñas caminaban en su lugar cuando Luz gritó: "¡Corre Conchita, la Migra!", y las tres niñas corrieron en su lugar.

Rodolfo y Goyo entran en escena y se dirigen hacia ellas. Ambos se pusieron delante de las niñas y gritaron al mismo tiempo: "¡Alto!", mientras levantaban las manos. Los chicos se habían hecho brazaletes y habían escrito en ellos, Border Patrol.

"No pueden escapar y es muy peligroso cruzar el desierto por aquí", dijo Goyo. "No hay agua durante al menos dos días. Tus coyotes huyeron cuando nos vieron", intervino Rodolfo riendo. "Las abandonaron", terminó Goyo.

"Por favor", suplicó Conchita, "no podemos regresar, nuestras vidas no valen nada. Nuestro hermano tuvo que unirse a los Zetas contra su voluntad. Se unió porque le dijeron que nos matarían si no lo hacía".

"Lo hizo para protegernos", dijo Luz. "Él fue quien nos dijo que viniéramos aquí a pedir asilo. Cuando estemos a salvo, escapará y vendrá a vivir con nosotros".

SUBIDOS A LOS ANCHOS HOMBROS | Antología de narrativa en español de Chicago

"No queríamos entrar ilegalmente oficial", dijo Conchita, "pero en el puente nos dijeron que volviéramos en una semana".

Goyo dijo: "Bueno, si es así seguro que podemos llegar a un acuerdo", mientras le guiñaba con el ojo izquierdo a Rodolfo que asentía con la cabeza mientras sonreía.

Las tres chicas estaban abrazadas y Juanita preguntó: "¿Qué quieres decir con 'llegar a un acuerdo'?".

Rodolfo se puso las manos en las caderas y dijo: "Ya sabes lo que quiero decir...".

En ese momento, el director, Mr. Johnson me agarró del brazo y me apretó con fuerza y susurró:"¿Ramírez, qué demonios está pasando aquí?".

Me encogí de hombros y asentí con incredulidad. Le hice un gesto con la cabeza para que siguiera viendo la presentación.

Las chicas se separaron y comenzaron a correr en el poco espacio del aula que tenían, como si intentaran escapar, mientras Goyo y Rodolfo también corrían detrás ellas. Estuvieron así un rato con los chicos acercándose cada vez más hasta que ambos alcanzaron a las chicas. Para su sorpresa, ellas se dieron la vuelta y en sus manos empuñaban un cuchillo imaginario y en un movimiento fluido cada chica apuñaló a su persecutor en el corazón.

Johnson estaba fuera de sí. Tenía la boca abierta y los ojos desorbitados, mirándome fijamente exclamó con dureza:"¡Esto no pasa en la frontera!".

Yo le susurré al oído: "*Welcome to our world*".

Margarita Saona

Enseña literatura latinoamericana y estudios culturales en la Universidad de Illinois en Chicago desde hace más de dos décadas. Entre sus intereses están la memoria, la fenomenología y los sentidos, el cuerpo y la escritura, intereses que se manifiestan de distintas maneras en su escritura y en su trabajo académico. Ha publicado tres libros de ficción breve: *Comehoras* (Lima, 2008), *Objeto perdido* (Lima, 2012) y *La ciudad en que no estás* (Lima, 2020) y el poemario *Corazón de hojalata/Tin heart* (Chicago, 2017), con una edición de Intermezzo Tropical en 2018. Sus cuentos han sido traducidos al inglés y publicados por Laberinto Press con el título *The Ghost of You* (Edmonton, 2023). Ha publicado un ensayo sobre las intervenciones quirúrgicas titulado *De monstruos y cyborgs* (Lima, 2023; Chicago, 2024) y el libro de memorias sobre su traspante cardiaco, *Corazón en trance: Bitácora de una sobreviviente* (Lima, 2024). Sus publicaciones académicas incluyen *Novelas familiares: figuraciones de la nación en la literatura latinoamericana* (Rosario, 2004), *Memory matters in transitional Peru* (Londres, 2014), y *Despadre: Masculinidades, travestismos y ficciones de la ley en la literatura peruana* (Lima, 2021), así como diversos artículos en revistas especializadas.

Desequilibrios

Para qué sino para que me veas bailando desprendido
Mirko Lauer

Estamos al borde de la cornisa casi a punto de caer
Gustavo Cerati

Hace cientos de años que habitamos rascacielos. Somos tantos y estamos tan ocupados todo el tiempo que sería un peligro andar desperdigados por la ciudad. Eso lo entiendo. Pero cuando llega la primavera muchos nos sublevamos un poquito, agarramos las bicicletas y nos vamos en busca de las pocas mariposas que quedan. En eso andaba yo, buscando mariposas, cuando lo vi por primera vez. Levanté la mirada siguiendo el vuelo de una mariposa azul particularmente linda, y lo vi. Miraba hacia abajo, serenamente, los pies uno delante del otro, los brazos relajados a los lados del cuerpo y no extendidos en la típica posición de los equilibristas. El sol del atardecer agrandado por el reflejo de los rascacielos iluminaba su pelo dándole un brillo anaranjado que me deslumbró. Perdí de vista a la mariposa azul.

—¿Qué haces? —le grité intrigada.

—¿Qué haces tú? —me contestó. A mí me pareció que era él quien tenía que dar explicaciones, allí, suspendido entre dos rasca- cielos, sobre una cuerda floja que desde abajo parecía un piolín. Pero mis reacciones son muy lentas y siempre pierdo las discusiones, así que le respondí:

—Estaba persiguiendo una mariposa azul cuando te vi. ¿Qué estás haciendo allá arriba?

—¿Para qué estabas persiguiendo a la mariposa? —preguntó él.

—No sé... Pero yo te pregunté primero. ¿Qué estás haciendo allá arriba?

—¿Por qué lo preguntas? —dijo por toda respuesta.

Me empezaba a irritar ese juego:

—¿Nunca contestas las preguntas?

Entonces él sonrió y dijo: «A veces», y sin ningún aviso dio una voltereta en el aire para caer otra vez sobre la cuerda que oscilaba peligrosamente. Y mi corazón, qué tal imbécil mi corazón, dio la misma voltereta dejándome sin aliento. Me miró seriamente. A esa distancia era difícil asegurarlo, pero también él parecía haber perdido el aliento y estar, sin embargo, complacido. Me quedé sin saber qué hacer, sosteniendo su mirada. Tenía un millón de preguntas para hacerle, pero presentía que no me iba a contestar ninguna, así que me las metí al bolsillo y me incorporé en la bicicleta dispuesta a partir.

—Nos vemos mañana —me dijo, y yo me alejé pedaleando con el vértigo del atardecer, con los ojos deslumbrados por reflejos naranjas y azules que me confundían.

Cuando me acosté esa noche, en mi habitación del piso

SUBIDOS A LOS ANCHOS HOMBROS | Antología de narrativa en español de Chicago

dieciséis, no añoraba playas ni jardines. Sentía tan solo que mi cama se arrullaba en el vaivén de la cuerda floja.

Al día siguiente, en la oficina, cada cinco minutos me encontraba mirando por la ventana, imaginando cuerdas tendidas de rascacielos en rascacielos, preguntándome si él seguiría allí, suspendido en sus piruetas. Dieron las cinco, pero una estúpida reunión me retuvo un rato más y, cuando por fin pude salir a dar vueltas en mi bicicleta, agradecí los largos días de la estación que empezaba. Todavía quedaban varias horas de sol... y, sin embargo, me di cuenta de que ni siquiera estaba fijándome en las mariposas. Me detuve cuando llegué a su calle. Miré hacia arriba y lo vi. Estaba sentado, con una computadora portátil en las rodillas, muy concentrado. Me quedé mirándolo. Por un momento tuve miedo de congregar a una multitud, por esa costumbre urbana de quedarse mirando lo que miran los demás. En efecto, los transeúntes se extrañaban de verme con la bicicleta, junto al cordón de la vereda, con el rostro hacia el cielo, y seguían la dirección de mi mirada, pero inmediatamente se encogían de hombros y seguían su camino, como si no hubiera nada de extraordinario en ver a un sujeto sentado en una cuerda entre dos edificios. Por fin me animé a hablarle:

—Oye, ¿cómo te llamas?

—Ah, hola. ¿Me esperas un segundo? —Cerró la computadora y la deslizó por la cuerda. No la vi desaparecer por la ventana. En realidad, me resultaba difícil, desde el suelo, ver dónde se iniciaba la cuerda y dónde acababa. Podía ser el piso veinte, el doce, el quince, el seis. No se perdía en la estratósfera, pero estaba a considerable distancia del suelo y de mí. Se acomodó sobre la cuerda y volvió a mirarme, sentado, meciéndose, impulsándose ligeramente con las piernas—. Ya.

—¿Cómo te llamas?

—¿Cómo quieres que me llame?

—No quiero que te llames de ninguna manera en particular. Quiero saber tu nombre.

—Basta con que me digas equilibrista —un rápido giro, salto mortal, mortal salto de mi corazón, y otra vez frente a mí, allá arriba.

—¿Por qué haces eso? —le pregunté.

—¿Por qué has venido? —me respondió.

—No lo sé. —Otra vez me sentía compelida a contestar sus preguntas, aunque él no hubiera contestado las mías—. Para verte, para hablarte. Estuve todo el día pensando en tu imagen allá contra el cielo del atardecer. No podía concentrarme en el trabajo.

—¿En qué trabajas?

Le conté que soy diseñadora gráfica en una compañía publicitaria. Le conté que había pensado que, si uno tenía que venderse al sistema, por lo menos podía ser haciendo algo que requiriera un poco de creatividad, para descubrir, en un tiempo bastante corto, que la creatividad no solo no era muy valorada, sino que hasta era considerada subversiva. Bastaban las dos ideas del cliente recicladas en permutaciones infinitas. Le hablé del tedio del trabajo, de mis mudanzas de rascacielos en rascacielos buscando uno que estuviera más cerca al mar, de mis nostalgias, de mis temores, de la vez que me enamoré de un muchachito de cabello largo. Cuando me di cuenta, no quedaba ya ni un rastro naranja en el cielo y el perfil del equilibrista se recortaba apenas contra un fondo añil.

—Tenemos que irnos —me dijo.

—¿Para dónde vas? —le pregunté—. Puedo llevarte en mi bicicleta.

—No —me dijo—. Hay que preservar los parámetros.

No sabía bien de qué me estaba hablando, y me entró una tristeza inexplicable, pero eso de los parámetros me parecía algo de vida o muerte, sobre todo dicho así, a tantos metros sobre el piso, así que agarré mi bicicleta y me fui pedaleando al ritmo de mi corazón.

Empecé a ir todas las tardes. Esperaba ansiosamente salir del trabajo para agarrar mi bicicleta y llegar a su calle y sentarme allí en la vereda a charlar y a verlo desplazarse contra el cielo del atardecer. Le contaba historias banales, a veces lo hacía sonreír. A veces él se inclinaba demasiado, como atraído por mí o por el abismo, y un escalofrío me recorría entera. Le hablaba de mis amigos y de sus historias. En cambio, a mis amigos no les hablaba de mi equilibrista. Hubieran creído que estaba loca si les decía que era allí adonde iba todas las tardes. Solo lo mencionaba cuando era inevitable: «No, no puedo ir al cine a esa hora. Tengo una cita con mi equilibrista». Entonces mis amigos sonreían condescendientes. Una más de mis manías.

Un día le llevé un regalo. Tenía un globo de gas lindo, de un rojo brillante. Saqué un plumón negro y escribí una frase. Lo solté justo debajo de él, de modo que lo pudiera agarrar al vuelo, pero casi pierde el equilibrio al hacerlo. Yo estaba temblando y él también, aunque sus pies estuvieran firmes sobre la cuerda y sus manos tuvieran al globo ya quieto frente a sí. «Sobre el oscuro abismo en que te meces» —leyó.

—Es una canción —le dije.

—Es lindo —dijo él conmovido.

Le hablé de mis canciones favoritas y él me habló de las suyas. Discutimos acuerdos y discrepancias. Nos reímos un poco. Me sentía contenta y era uno de esos días largos de verano.

—Equilibrista...

—¿Qué?

—¿Nunca bajas de allí?

—Tengo mucho trabajo. Cuarenta piruetas distintas a mi cargo.

—Pero supongo que bajarás a veces, ¿no?

—Nunca —me dijo terminante, pero después dudó—, excepto...

—¿Excepto qué? —le pregunté ansiosa.

—Hubo un día muy lindo el año pasado. Era casi invierno, pero el día era hermoso. —Y de pronto dio uno de esos saltos que me hacían estremecer y luego corrió sobre la cuerda, una finta, un pase, yo casi podía ver la pelota impulsada por sus pies—. Hacía tanto calor que estuve jugando fútbol sin remera.

Sonreí:

—Me gustaría jugar al fútbol contigo.

—Es tarde —me dijo, otra vez firme sobre sus pies. Me sentí absurdamente dolida y después de hacerle un vago gesto de despedida me fui en mi bicicleta.

Al día siguiente le conté de mis sueños. Le conté que había soñado muchas veces con él y que en mis sueños aparecía siempre de perfil, pero que la noche anterior su rostro estaba frente al mío y yo había deslizado mis dedos por su pelo, por sus labios.

Le conté que todavía sentía el calor del contacto en mi piel. Él se quedó quietísimo allá arriba. Pasó apenas una fracción de segundo antes de que reaccionara, con una voz como de quien está con los pies bien puestos en el suelo:

—¿Y tú qué piensas de ese sueño?

Yo me molesté:

—¿Qué quieres que piense? Quiero tocarte. ¿Por qué no bajas un rato?

—No puedo. Este es mi trabajo.

Nos quedamos en silencio hasta que oscureció. Después, me alejé sin despedirme.

Cuando volví la tarde siguiente, el cielo estaba hermoso, azul, con unas nubes gordas, blancas, perfectamente recortadas. Corría una brisa que me despeinaba en la bicicleta y me sentía bien. El viento hacía oscilar a mi equilibrista arriba en su cuerda.

—¿Has visto esa nube? —le pregunté—. Parece un elefante. El miró hacia el cielo y asintió:

—Tienes razón, parece un elefante. ¿Te gustan los elefantes?

—Me encantan —contesté.

Él se dio un par de volteretas y con un gesto de la mano me dijo: «Toma». A mis pies aterrizó un elefantito de papel con un paracaídas minúsculo. Una ola de felicidad, de calor, me llenó toda.

—Así que además de equilibrista eres mago —le dije y él soltó una carcajada.

Casi nunca hablaba de sí mismo, pero de vez en cuando me recomendaba una película o algún grupo de rock. Una vez me dijo que vivía en mi barrio. Eso bastó para terminar de encender mi fantasía. Yo me preguntaba constantemente si me lo encontraría al doblar una esquina, si me tropezaría con él en el supermercado, si habría pasado a mi lado alguna vez sin que yo me percatara de ello. Me preguntaba si reconocería a mi equilibrista si lo viera al ras del suelo. Me lo imaginaba saltando ventana adentro, recogiendo su cuerda, enrollándola como una manguera, metiéndola en su mochila junto con la computadora, poniéndose una casaca, tomando el ascensor. Allí se detenía la fantasía, porque no podía imaginarlo sin toda esa distancia de por medio. En el trabajo andaba distraída. Durante las reuniones con los creativos me ponía a dibujar mil acrobacias para mi equilibrista: equilibristas en cielos despejados y con nubes, equilibristas en días de verano, equilibristas.

Empecé a llevarle regalitos, algún disco, algún poema, chocolates en forma de globos aerostáticos. Para hacérselos llegar inventé sistemas de poleas, de palomas mensajeras, usé cometas y también globos de gas. Le lanzaba piolines que cambiaban de color con la luz del sol. A veces él los ataba a su cuerda y jugaba a deslizarse por ellos hacia abajo, pero cuando estaba a mitad de camino entre el cielo y el suelo, recurría a alguno de sus volantines y en una fracción de segundo ya estaba otra vez arriba, meciéndose sobre el abismo, firmemente parado sobre su cuerda. Un día no pude más y se lo dije:

—Quiero que bajes.

—Sabes que no puedo —me respondió casi con dureza. —¿Por qué? No entiendo por qué. Baja, aunque sea un ratito. —Dejaría de ser equilibrista.

—No tiene que ser mucho rato, quiero mirarte a los ojos. —Ya te dije. Yo soy equilibrista.

—¿Y? ¿Acaso sería tan grave dejar de serlo por un rato? Hay

más cosas que hacer en el mundo que andar columpiándose entre dos edificios. A mí, por lo pronto, se me ocurren varias.

Otra vez la distancia me hacía dudar de mis sentidos, pero hubiera jurado que estaba conmovido.

—No voy a bajar —me dijo—, soy equilibrista.

Me invadió la tristeza y la frustración y la rabia. Estuve un rato sentada junto a mi bicicleta, mirándome los pies. A lo lejos oía su voz, mezclada con el ulular del viento:

—Sabes que esto no habría pasado si yo no fuera equilibrista. No habrías detenido tu bicicleta si no me hubieras visto así, suspendido en el aire. No me habrías contado las cosas que me contaste, yo no te habría dicho las que te dije.

—Yo lo sentía casi como si no estuviera hablando para mí. Cuando levanté la mirada lo vi sentado en su cuerda, columpiándose con el viento. De pronto un rayo de sol lo tiñó todo de un naranja hermoso. Sonreí.

—¿Hace frío allá arriba? —le pregunté.

Él sonrió y dijo que no, bajito, negando con la cabeza.

—Entonces yo voy a subir —anuncié—. Solo déjame prepararme unos días.

Agarré mi bicicleta y me fui pedaleando a toda velocidad. Soy algo torpe, tengo los pies demasiado grandes y me ando tropezando con todos los muros que se me ponen delante. No nací para equilibrista. Sin embargo, tal vez, con la debida preparación... Me compré unas zapatillas especiales. Planeé con cuidado el atuendo y el peinado: nada que fuera a salir volando, nada que se me enredara entre las piernas, nada que me ocultara la visión. Tres días practiqué en muros y veredas, en cuerdas atadas de la cama al comedor, en el respaldar de mi sofá favorito, en el borde de mi mesa de dibujo. Tres días dejé de ver a mi equilibrista, consumida por el entusiasmo y la ansiedad. Ese día tuve que controlarme para no lanzarme con la bicicleta a una velocidad desmedida, trataba de no acelerar demasiado, de saber escuchar a mi propio corazón. Pero cuando llegué a su calle y miré hacia arriba no había más que cielo y edificios, muchos edificios y poco cielo, y ningún equilibrista, ninguna cuerda, ni siquiera una nube en forma de elefante. Mi corazón estalló con un estruendo insoportable, como el mar entre rocas, en una danza incomprensible. Traté de tranquilizarme. Les pregunté a los transeúntes, a los porteros de los edificios de los que yo creía que estaba colgada la cuerda, a los de los edificios adyacentes, de adelante, de atrás, de todos los alrededores. Les pregunté hasta a los gatos. Nadie sabía de qué estaba hablando y la mayoría reaccionaba como si yo estuviera completamente loca y esquivaban mi mirada o me hacían un gesto compasivo. El sol de la tarde empezaba a ocultarse. Me dejé caer sentada en la vereda junto a mi bicicleta. Una mariposa azul se me posó en el pecho, seguramente atraída por el blanco de la camisa que había elegido para la ocasión. Hice un gesto leve para espantarla. Dejé mi bicicleta en la vereda y me metí al rascacielos más cercano.

***

Han pasado muchos años. He tratado de olvidarlo y a veces lo consigo. A veces paso meses, años, sin pensar en él. Pero ciertas tardes, cuando cae el sol entre los rascacielos de Chicago, levanto la mirada y, deslumbrada por algún celaje iridiscente, creo ver su silueta a la distancia. Creo ver que también por él también han pasado los años. Aunque conserva la gracia, hay algo de cautela en sus movimientos. No intento acercarme. Aprendí con el tiempo que a las mariposas azules hay que dejarlas tranquilas y que no se puede confiar en los espejismos.

Tanya Victoria

De niña su mundo imaginario estaba lleno de gnomos, duendes y fantasmas. Su madre fomenta el hábito de la lectura con historias de lo desconocido. Comienza su carrera de Literatura latinoamericana en la Universidad Iberoamericana en la Ciudad de México, decide dejarla para hacer teatro. Participa en el Festival del Unicornio en Cuba, y diferentes centros culturales de México. Uno de sus profesores de teatro la invita al diplomado de creación literaria en La Sociedad de Escritores de México, en plena época dorada de SOGEM que es un parteaguas en su vida. Maestros de la talla de Hugo Arguelles, José María Fernández Unsain, Dolores Castro, Emmanuel Carballo, Susana Reyes, Tomás Pérez Turrent, Eduardo Casar, Alejandro César Rendón, entre otras exquisitas plumas literarias, le abren un mundo nuevo. No hay vuelta atrás. Para 1997 gana el primer lugar en el concurso nacional de género negro y fantástico, de radio de medianoche, con su cuento "La botella". En 1998 se muda a Chicago, ahí da clases de español, teatro y piano. Otro parteaguas en su vida es la revista cultural Contratiempo, durante diez años escribe artículos de diversidad cultural en Chicago, reseñas y críticas de teatro, entrevista a Henry Godínez, Michelle Lamour, Yolanda Cesta, Diego El Cigala, José Castro, entre muchos otros. Ha colaborado con El Béisman y Chicago Tribune. Durante la pandemia retoma su pasión por la escritura, en 2021 publica cinco cuentos en línea,

Cuentos Peculiares en español y en inglés. En el año 2021 la editorial Ars Communis publica "Azul" para la antología *Féminas*. "La Pena" es un cuento parte de la antología *Con la urgencia del instante*. Formó parte del comité editorial Las Notas de Orfeo, en donde en el año 2022 publican el libro en formato artesanal y en la plataforma en línea Lektu *Letras Súbitas*, veinte cuentos de fantasía oscura escritos por dieciséis escritores internacionales.

El último trabajo

"Mantenimiento de áreas comunes. Este es mi último trabajo en Chicago y me regreso a vivir a Guerrero. Acá el frío cala hasta los huesos, tengo la cara toda curtida. Me voy a Acapulco a trabajar a "Las Brisas" como jefe en Mantenimiento de sistemas de aire acondicionado y control de plagas. Qué chingón se oye. En el hotel más chingón de Acapulco. Voy a estar mejor, cerca de mi familia, mi país. Tres meses más y me largo. La Lulú también se regresa conmigo; se la está rifando metiéndome aquí al Congress Hotel, pues mi inglés está medio mocho y no sé tanto de hoteles. Así aprendo para cuando llegue a Acapulco. Este Congress Hotel, es un hotelote de primera, desde los tiempos de Al Capone. Pinches ratas, siempre viviendo de lujo. Aquí y en China el contrabando es number one. Esa Lulú es bien avispada la cabrona. Qué bueno que sigue aquí y no se fue a Las Vegas con el culero del chino".

Desde que pisó tierra americana en 1990 Juan planeó su escape de regreso a México. No quería venir y nunca se quiso quedar. Su prima Lourdes y él nacieron en Taxco, unos parientes se metieron en problemas con los guaruras de un gallón y su tía se los trajo para Chicago. Los amenazaron con matar a la familia, empezaron con el abuelo. Ya pasaron 20 años. Juan ni se imagina que se va a quedar para siempre en esta ciudad, la ciudad de los vientos, en el Hotel Congress, para ser exactos. Al final Lourdes regresa con el chino y se van a Las Vegas.

En Guerrero se les murió su abuela, la mamá de Juan, mataron al hermanito, nacieron sobrinos, pasaron varios huracanes. Con el dinero que mandó Juan durante estos años, se hizo de un terrenito que luego le robó su papá para construir una casa, meter a su piruja y a tres entenados. Después, a su padre se la quitaron los Tlacos y nada que hacer. Ladrón que roba a ladrón tiene cien años de perdón. Por eso el cartel sigue siendo perdonado. La familia Michoacana y los Tlacos tienen bien jodido al pobre Taxco de Alarcón. Especialmente a los trabajadores del transporte público. Ahí trabajaba el hermanito de Juan, hasta que no dio su brazo a torcer. Taxco es otra cosa desde que lo dejaron.

Juan ya estaba prácticamente contratado en el hotel Las Brisas. Su hermana, la grande, ha trabajado ahí desde que él tiene uso de razón. En el área de venta de tiempos compartidos. Ese departamento ya está dando sus últimas patadas de ahogado. ¿Quién quiere comprar tiempos compartidos?

En Chicago, Lourdes le consiguió trabajar el turno de la noche. Así sería más fácil mantener su chamba de medio tiempo como garrotero en el restaurante Cheese Cake Factory, en la torre *Hanckok*. Tres meses más: enero, febrero y marzo. En su *backpack*, Juan trae una gorra de los osos, ropa térmica, un par de *jeans*, dos playeras, una sudadera negra, calcetas blancas, botas para la nieve y sus tenis Reebok que compró en los *outlets* de Kenosha, hace una década. En Navidad Lourdes le regaló un piyama de franela y una caja de calzones *Fruit of the loom*. El uniforme del restaurante y del hotel no eran de él.

"Déjame dormir aquí, aunque sea en un closet… Nada más voy a dormir como cinco pinches horas o menos. No me quiero quedar contigo… Vives bien pinche lejos y la última vez nos peleamos… Porque metiste al pendejo del chino. Acuérdate… Qué desmadres voy a armar. Trabajo, duermo, me baño y me voy al *Cheese Cake*… Me salgo por atrás. Invisible. Quietito… Por eso no hay fijón, allá me dan de comer… Me subo al *bus* y estoy ahí de volada… Lulú, ahora sí te la debo… Nadie se entera. No hay fijón… Estamos en comunicación por aquí, por el *Whatsapp*".

Su prima tenía cincuenta años cumplidos, era cinco años más grande que él. Estaba entrada en carnes. Una melenita negra cubría su cabeza hasta la mitad del cuello, un cuello cortísimo. Juan y Lourdes se parecían. Él tenía la piel más oscura y el cuerpo correoso, por el trabajo en construcción. Lourdes era luchona, tenía ambiciones. Juan era más relajado, Lourdes siempre le decía que no fuera tan huevón. Ella entró al *Congress* de recamarera y ya trabaja en la recepción. Juan y Lourdes tenían la misma nariz delgada y más plana de lo normal, hundida en la cara; él apenas tenía puente nasal. Los dos con labios anchos y ojos de pinacate.

Lourdes le consiguió una habitación que está en el piso doce. La última del pasillo. No se puede acceder por los elevadores porque una madera contraparchada bloquea la entrada. Se llega por la escalera de servicio. A Juan lo entrenó Charly Guzmán, tenía más de treinta años trabajando como *houseman* del hotel. Le dijo que el trabajo no era difícil. Además de limpieza habría problemas de plomería, electricidad, sistema de calefacción que se tienen que resolver a medida que surgen.

"Te mando texto para decirte que ya conocí al Charly. Está cagado. Bien pálido... El trabajo está papita... De principio un ojo a los cuartos a ver si están presentables... Cómo crees que le voy a decir que me estoy quedando aquí. No estoy tan pendejo... ¿Al otro trabajo? Me voy a las seis de la mañana".

Su primera chamba fue limpiar el cuarto piso. Abrió la puerta de la habitación 441, en cuanto encendió la luz una carcajada salió del baño y lo paró en seco. Después se escucharon murmullos seguidos del silencio. Releyó el papel *Room 441 empty. Does not require maintenance*. Se salió en reversa y se topó con una recamarera que estaba atrás de él. Juan la vio asustada y le dijo:

"*What am I doing? ¡Look the paper: 441 empty!*

Hey, el cuarto no está *empty*". La recamarera y Juan estuvieron tocando varias veces y nadie respondió. Entraron, el baño estaba vacío. Después siguió haciendo su trabajo; estuvo cinco horas limpiando el cuarto piso y revisando que 20 habitaciones estuvieran en orden; el hotel tiene 850. Cada vez hay menos empleados. Charly le dijo que no se sorprendiera si le toca limpiarlos todos, aunque exageró no estaba bromeado.

Juan terminó rendido y se fue a su cama. Tenía cuatro horas para llegar al Cheese cake factory; ahí se le fue el tiempo de volada y cuando se dio cuenta ya tenía que regresar. Llegó corriendo, su turno era a la media noche y ya eran 11:30. Apenas se estaba poniendo el uniforme cuando llamaron del cuarto piso para que destapara un escusado; estaba muy tapado. Juan sacó una toalla con sangre y pan. El huésped le dio una propina de cien dólares, se puso el dedo índice en la boca para que Juan no divulgara el secreto. "A mí me vale madres", pensó. Salió de ahí y en automático se fue a la habitación 441. Abrió la puerta y se acostó en la cama, se quedó dormido. Después de unos quince minutos le sacaron la almohada de un jalón, despertándolo agresivamente. Una mujer sentada junto a él abrió la boca sin emitir sonido. Juan le pidió disculpas y se salió. Tenía que contarle a Charly, lo más seguro era que la huésped se quejaría en la recepción.

What? Slow down. ¿Cómo que *shining moment?*... Si Sí, era una mujer de pelo largo y olía a huevo podrido... No, no veo películas de terror... ¿Suicidio? Ah cabrón. Entonces, ¿es una aparición? ... ¿También te paso a ti? Está cabrón... No me vuelvo a quedar dormido... Estaba rendido, sorry mi Charly... Qué, ¿en otros pisos espantan?... ¿El doce es el peor? *What the hell?*

"¿Como que una señora mató a sus hijos en mi cuarto y luego se suicidó? No chingues Lulú... ¿Cuándo pasó la masacre? ¿1939? Hace un chingo... Nunca me dijiste que aquí espantan... Cómo que en mi cabeza si yo no sabía esa historia. ¿Me puedes cambiar de cuarto? ¿Cuál limosnero con garrote? Me está perjudicando la cabeza y no llevo ni una semana... Ni pedo. Ahí me quedo... No, no me vuelvo a quedar dormido. Por mi madrecita Santa que no.

Tenía dos horas para descansar antes de regresar al otro trabajo. La humedad de sus ojos estaba seca y ya era lagañas. Ya en su cuarto, se acostó y cuando se estaba quedando dormido un fuerte golpe en la puerta lo despertó. Juan se asoma por la mirilla y ve a un niño. Aunque no podía dejarse ver, salió a buscarlo. No lo encontró en el pasillo. El niño se metió en el cuarto de Juan, el niño estaba parado en el resquicio de la ventana, saltó a la calle. Juan se despertó empapado de sudor, había sido una pesadilla.

"No Lulú, no estoy menseando... Ya sé, me estoy sugestionando... Cuando puedas sube y me das la medallita de la Virgen... Te lo suplico. ¿Hasta mañana? Bueno, ni modo... Ya sé que no eres mi mamá pero... Me la traes mañana. De paso la sábana de tigre. Aquí hace un friazo".

Para que se le relajara el cuerpo se metió a bañar con agua caliente. Cuando cierra la llave oye una respiración agitada del otro lado de la cortina de baño. Se envalentona y la abre de golpe, un niño estaba ahí, con la cara ensangrentada y riéndose bajito. La luz del baño se apaga. Juan despertó en su cama con las manos ensangrentadas. Murmullos en el baño se hacían cada vez más fuertes. Sintió a alguien acostado junto a él. Perplejo vio su propio cuerpo con los ojos en blanco y un hilillo de sangre saliéndole por la comisura de los labios. Observa como varios policías están en la habitación con Lourdes y Charly. Todos alrededor de su cuerpo que esta junto a él.

Noticia de última hora: Asesinato en el Hotel Congress. Empleados del emblemático hotel, ubicado en Michigan Avenue, encuentran a un hombre latino de 45 años. El difunto tenía 26 huesos fracturados, las uñas de las manos desprendidas de la piel. El difunto tenía tantas lagañas que sus ojos estaban pegados. No hay sospechosos.

José Zurita

Periodista y escritor de microrrelatos. Es asiduo participante de los talleres literarios de la revista Contratiempo. Ha participado en la antología de micro ficción *Los mecanismos del instante*, publicada por la editorial Ars Communis de Chicago. Originario de la ciudad de México. Actualmente reside en Chicago.

Muertos que migran

Ellas también estaban acá. Según que, porque acá se muere mejor. Habían sido mis tías, cuando vivían. Las miré varias veces con sus faldas viejas, todas las ocasiones que de niño iba al pueblo a visitarlas junto con mis padres.

En esos viajes, después de un rato de ir en el camión, el paisaje de fábricas, postes de luz y semáforos iba cambiando a carreteras, grandes zonas verdes, vacas y trenes; también los olores iban siendo distintos y hasta el final del camino la cúpula de la iglesia del pueblo indicaba que estábamos por llegar a ese lugar con un polvo de tierra diferente.

Ahí el campo estaba casi muerto y la producción de maíz y frijol era escasa. Las opciones de trabajo no eran demasiadas y la gente sobrevivía poniendo algún pequeño establecimiento o un puesto en el centro del pueblo, los que podían. Sus habitantes llevaban tiempo migrando a las ciudades cercanas, a la ciudad de México o a Estados Unidos, sobre todo los más jóvenes, quienes solo regresaban a las fiestas del Santo Patrono de su pueblo o cuando alguien moría, o bien cuando ellos morían.

En algún momento, en tiempos de la revolución, sus abuelos y sus tíos se fueron huyendo de la leva y se encontraron al venir acá un país que estaba participando de la guerra y que necesitaba brazos para cuidar de sus campos y construir las vías férreas que permitieran conectar el medio oeste con las demás zonas del país. Ellos ayudaron a construir las líneas de ferrocarril de Chicago. Aunque después, pasada la guerra, los echaron cuando la economía se puso complicada y no había empleo ni servicios de asistencia social. No eran ya indispensables y su color de piel los delataba.

Pero, como decía, ellas ahora acá estaban, vistiendo sus mismas faldas viejas y rebozos, pero eso sí con tenis nuevos, tenis de marca. No sé ni cómo aguantaban el duro y frío invierno de Chicago; ellas no hablaban nada de inglés y para hacer su mercado acudían a tiendas donde se habla español. Era como si estuvieran viviendo en su mismo pueblo, porque en el barrio donde vivían también tenían su iglesia, su carnicería, su panadería; la gente que había venido primero acondicionó sus barrios como en sus lugares de origen, para vivir como en un México en pequeño.

Yo había pensado traerlas cuando vivían, buscaba la forma de que ellas vinieran acá, ya sea por avión, por el desierto o por el agua. Yo mismo deseaba contemplar los rascacielos, pasear en tren, visitar los grandes almacenes, comerme una hamburguesa. No sé ni cómo fue que llegaron acá. ¿Será que uno se muere en México y viene a revivir en gringolandia o Canadá, según a como se haya portado uno en la vida?

La última vez que las vi, recuerdo que estábamos caminando cerca de la presa. Yo tenía como once años y fui a parar al agua sin saber nadar. De pronto la corriente me empezó a jalar y mis queridas tías, sin tiempo de quitarse la ropa, inmediatamente se lanzaron a rescatarme. Nunca supe si lograron sacarme, pero cuando volví en mí me di cuenta de que ellas también estaban acá. Con sus mismas faldas viejas, como ya dije.

OTRAS PUBLICACIONES DE
ARS COMMUNIS EDITORIAL

www.ingramcontent.com/pod-product-compliance
Lightning Source LLC
Chambersburg PA
CBHW050348030726
47503CB00008B/2673